13 HISTOIRES COURTES

Cathy McGough

Stratford Living Publishing

13 HISTOIRES COURTES

CE QUE DISENT LES LECTEURS :

VIN DANDELION

U.S.

"Dandelion Wine est une nouvelle qui fait du bien, même si l'épilogue m'a rendue un peu triste en voyant comment les choses changent. C'était plutôt agréable de visiter brièvement une époque où les choses étaient différentes.

"Une histoire courte et douce qui remonte le fil des souvenirs d'une vie simple au cours d'une journée d'été adyllique."

L'ÉTOILE LA PLUS BRILLANTE

"L'amour n'échoue jamais. La vie d'amour de Linda et William est résumée dans cette courte histoire. Une histoire de frustration et de lutte tout en s'accrochant à l'amour à travers tout cela."

LA RÉVÉLATION DE MARGARET

Du Canada

"J'ai commencé à lire cette nouvelle quelques minutes après l'avoir achetée, et une fois que j'ai commencé, il fallait que je finisse. J'ai beaucoup apprécié cette histoire. Elle est bien écrite, et tu ne pouvais pas t'empêcher de ressentir pour le protagoniste. Et la surprise à la fin m'a fait tomber la mâchoire."

DARRYL ET MOI

"Effrayant . Une courte histoire douce-amère sur la tragédie d'une femme et sa tentative d'y faire face alors qu'elle est enceinte."

Du Royaume-Uni

"Superbe histoire. Excellentes émotions. J'ai vraiment ressenti quelque chose pour Cath et Darryl."

Des États-Unis

LE PARAPLUIE ET LE VENT

"La science-fiction dans ce qu'elle a de plus moderne et de plus actuel. Une bonne lecture courte."

"L'auteur file une histoire de science-fiction imaginative brassant un vent dangereux, un parapluie volant, une bouteille verte qui tourne et bien d'autres choses encore. Une histoire courte avec de l'action rapide."

De l'Inde
"Quelle aventure palpitante ! Le débit est super rapide et l'écriture cohérente et fluide. D'une certaine manière, cela m'a rappelé Jerome K Jerome et Trois hommes dans un bateau."

Du Royaume-Uni

"La mère des mauvais week-ends rencontre l'extraterrestre. Écrit avec un humour pince-sans-rire, ce récit bizarroïde met en scène un objet vert massif de type extraterrestre, des parapluies et des fusils. Une histoire très imaginative, voire loufoque, qui vous tiendra en haleine jusqu'à la dernière page. Bravo à Cathy McGough pour son imagination créative. Tu risques de rire aux éclats et de renverser ton café."

SOUHAIT DE MORT

De la part des États-Unis

"J'ai lu ce livre en une demi-heure hier soir après m'être couchée. Je me suis sentie triste pour cet homme qui avait l'impression que sa vie ne servait à rien. McGough mène le lecteur jusqu'au bout, et même lorsqu'il a dépassé le point de non-retour, vous n'avez aucune idée de la façon dont les choses vont se terminer. Une belle histoire à lire à l'heure du déjeuner ou de la pause café."

"J'ai aimé la créativité de Cathy McGough pour produire une courte novella de 20 pages avec une grande expérience de changement de vie d'un homme qui n'arrivait pas à trouver le but de sa vie."

"J'avais ce livre dans mon KIndle depuis un moment, mais quand j'ai finalement décidé de le lire, je ne l'ai pas posé avant de l'avoir terminé. Bien qu'il s'agisse d'une lecture très courte, l'intrigue et les personnages sont pleinement développés. J'ai adoré."

"Ça se lit comme un épisode des Contes de la crypte ou de la Quatrième Dimension."

"J'ai adoré et au fur et à mesure que je lisais, je me demandais POURQUOI ? Quand j'ai découvert la vérité, j'ai été horrifiée, ce genre de choses est mon pire cauchemar."

DES ÉTATS-UNIS ET DU ROYAUME-UNI

"L'auteur utilise habilement le monologue intérieur du personnage pour révéler sa vie et la décision avec laquelle il est aux prises. J'ai été captivé jusqu'à la fin. Ce récit habilement raconté est une lecture très divertissante que je recommande vivement."

Table des matières

Dédicace

Pour Dianne

Préface

Chers lecteurs,

Ce recueil d'Histoires courtes comprend six des préférées de mes lecteurs, et sept nouvelles histoires courtes que j'ai écrites pendant la pandémie.

On dit "on sort l'ancien et on rentre le nouveau", mais moi je dis qu'il faut voir les choses dans leur ensemble.

Bonne lecture !

Cathy

VIN DANDELION

C'ÉTAIT EN 1967 ET l'été était presque terminé lorsque j'ai tiré mon chariot rouge branlant le long d'une route caillouteuse sans issue. Le bruit des roues de mon chariot était familier aux gens qui se trouvaient sur notre route.

"Belle journée pour se promener", disais-je.

"C'est certainement le cas. Et maintenant, passez une bonne journée", me répondaient-ils.

Si mon amie Sandra et moi avions de la chance, ils nous apportaient de l'eau glacée, du cola ou de la limonade. Bien que nous ne vivions pas à proximité, nous étions traités avec gentillesse par la plupart. La plupart des propriétaires, mais pas tous.

"Ne sois pas une peste", me disait toujours papa, et je ne l'étais pas. Je me suis toujours occupé de mes affaires. Je n'ai pas traîné ni essayé d'attirer l'attention sur moi. Est-ce que je pouvais faire autrement si les roues grinçantes grinçaient ?

J'étais une fille qui avait un but, alors peu importe que mes bras me fassent mal même si je souhaitais qu'ils poussent plus vite. Peu importe que la charrette se renverse dans un nid-de-poule ou qu'elle roule dans le fossé.

Pourtant, la folle d'une des maisons me trottait dans la tête. Je redoutais de passer seule devant sa maison.

Lors d'autres visites, elle nous a crié dessus pour ne rien faire. Ou a juré contre nous. Une fois, elle a même envoyé son chien dehors, bavant et aboyant. Le cabot protégeait la route comme si elle faisait partie de sa propriété. J'ai jeté un coup d'œil sur le toit, où le vieux drapeau canadien flottait dans la brise. Certains disaient qu'elle refusait d'arborer le nouveau drapeau avec la grande feuille d'érable. Elle et son chien me donnaient la chair de poule.

Mon souffle s'accélérait à mesure que j'approchais de la maison tant redoutée. Comme c'était une rue sans issue, je n'avais pas d'autre choix que de passer. Je me suis arrêté et j'ai regardé en arrière pour voir si Sandra arrivait. Aucun signe d'elle pour l'instant.

Je me suis alors souvenu que la patte de lapin porte-bonheur de grand-mère se trouvait dans ma poche. Elle m'a donné du courage. J'ai tiré le chariot à deux bras et je me suis dépêchée de passer.

Je savais que la vieille dame Macguire était là. Je n'avais pas besoin de la voir. Je la sentais. Dans la maison de gauche, derrière les rideaux. Elle me regardait d'un mauvais œil. Elle détestait les enfants, tous les enfants.

Quelques maisons plus loin, j'ai failli trébucher sur mon lacet. J'ai stabilisé le chariot avant de m'accroupir pour le renouer. Ce faisant, j'ai jeté un coup d'œil par-dessus mon épaule et j'ai vu les rideaux bouger. Cela n'avait plus d'importance maintenant. J'étais hors de portée de son œil diabolique.

"Hé, attends ! Attendez !" le son de la voix de mon amie accompagnait le contact de ses sandales avec le chemin caillouteux. Finalement, ma meilleure amie a réussi. Sandra était toujours en retard pour tout.

Je me suis tournée dans sa direction et je l'ai regardée courir devant la maison de la vieille dame Macguire. Elle était essoufflée quand elle m'a rejoint. Nous sommes tombées dans les bras l'une de l'autre. Nous avions toutes les deux réussi à passer sans encombre la demeure de la vieille sorcière.

"Il était temps !" J'ai dit un peu impatiemment lorsque nous nous sommes séparées.

"Désolé, j'avais des corvées à faire et maman était déterminée à me brosser les cheveux. Elle a dit que j'étais une honte publique !"

"Ta robe est jolie", dis-je en prenant note des plis et des nœuds qui ornent les deux poches avant. Elle était jolie, et complètement inappropriée pour cueillir des fruits.

Sandra a attrapé sa moitié de poignée de chariot d'une main et a appuyé sur le devant de la robe avec l'autre. "Je déteste le rose", dit-elle.

Sa main à côté de la mienne s'est parfaitement ajustée et nous avons pu tirer le chariot côte à côte avec facilité.

"Maman m'a fait promettre de m'arrêter à l'épicerie du coin en rentrant et d'acheter un pain". Elle a fouillé dans sa poche : "Tu vois, elle m'a donné vingt-quatre cents, plus cinq cents pour qu'on puisse partager une glace à la banane."

"Oh, c'est quelque chose à attendre avec impatience." La banane était notre saveur préférée.

Nous avons continué à marcher. Un chien a aboyé quelque part derrière nous.

"Pour avoir l'argent de la glace, j'ai dû porter cette robe stupide".

"Elle n'est pas stupide", ai-je dit en mentant et en souhaitant avoir une jolie robe à moi que je pourrais porter un jour qui ne serait pas un jour d'église. Avec deux frères, une sœur et un autre bébé en route, je ne risquais pas d'avoir une nouvelle robe de sitôt.

Sandra a chuchoté : "Tu l'as vue ?" Je savais qu'elle parlait de la vieille dame Macguire. "As-tu senti son mauvais œil sur toi aujourd'hui ?"

"Non, parce que j'ai croisé les doigts et les yeux". J'ai menti.

"Bien vu", dit-elle en déplaçant le plus gros du poids sur son côté et en demandant : "Tu veux que je prenne le relais et que je tire pendant un moment ?".

"Nan, tu risques de salir ta robe". Sandra s'est esclaffée. "C'est plus amusant ensemble", ai-je dit alors que nous nous promenions devant la maison de monsieur Holiday, puis devant celle de monsieur et madame Otter.

Presque arrivés à destination, nous sommes devenus silencieux. En tant que meilleurs amis, nous n'avions pas besoin de parler tout le temps. Le but de notre voyage était commun et dépendait des * groseilliers noirs de Mlle Virginia Martin. S'il y avait beaucoup de groseilles, elle nous laissait en prendre une partie. Si les récoltes étaient rares, notre voyage n'aurait servi à rien.

"J'ai hâte de voir combien il y a de fruits", dis-je.

"J'ai l'impression que nous aurons de la chance", dit Sandra.

Nous nous sommes arrêtées pour regarder la maison de Mlle Virginia. Le jardin de devant était toujours impeccable, c'était comme si le vent savait qu'il fallait continuer à souffler les déchets et les feuilles pour qu'ils ne salissent pas sa jolie pelouse.

Depuis que je suis toute petite, je cherche toujours des visages amicaux dans les maisons. Maman m'a dit que c'était une habitude que je finirais par perdre.

La maison de Mlle Virginia avait un visage inhabituel mais sympathique avec deux fenêtres rondes en haut. Lorsque les stores étaient baissés à moitié ou complètement, ils ressemblaient à des paupières. Cette caractéristique était différente de toutes les autres maisons que j'avais vues.

Entre les yeux, un nez a poussé. Un nez fait de briques. La différence, c'est que ces briques étaient debout, alors que le reste des briques était de côté. Cela m'a donné des frissons, car c'était comme si le constructeur savait qu'il faisait un nez rien que pour moi. Je sais que cela peut paraître idiot.

Ensuite, j'ai regardé la bouche en dessous, qui a été façonnée par les doubles portes. Un vitrail en haut faisait penser à une rangée de dents avec un appareil dentaire.

J'aimais me tenir debout et regarder la maison parce que c'était aussi un endroit où la nature s'épanouissait. J'ai ri en me rappelant que le lierre qui poussait à l'état sauvage donnait parfois l'impression que la maison portait une moustache ou une barbe.

J'ai remarqué que Sandra fredonnait Penny Lane. Elle fredonnait toujours quand elle s'ennuyait. Les Beatles, c'était bien, mais je préférais les Stones.

Sandra a brossé les cheveux blonds de son visage, tandis que les mouches bourdonnaient autour d'elle comme si sa transpiration était une invitation à pulluler.

J'ai relâché ma prise sur le chariot et je me suis mise sur la pointe des pieds pour voir par-dessus la clôture. J'espérais être assez grand cette fois-ci, mais je n'ai pas eu de chance. Sandra a essayé, car elle était un peu plus grande, mais elle n'a pas pu voir par-dessus non plus. J'ai tenu le chariot stable pendant que Sandra montait et essayait de voir par-dessus, mais même cela n'a pas suffi.

"Je pense que nous ferions mieux d'aller là-haut et de demander", dit Sandra.

"D'accord."

Nous avons tiré le chariot sur la pelouse de Miss Virginia et l'avons garé, puis nous avons remonté la longue allée qui était bordée de fleurs. Les tournesols hochaient la tête, s'inclinant devant nous comme si nous étions des membres de la royauté qui passaient parmi eux. Quelques pissenlits se débattaient dans l'ombre de leur cousin.

"Tu te souviens de la fois où mon père nous a fait goûter le vin de pissenlit qu'il avait fait ?".

"C'était la chose la plus horrible que j'ai jamais goûtée", dit Sandra.

"Je sais, mais tu n'aurais quand même pas dû le recracher". Nous avons ri en nous souvenant des éclaboussures de vin sur la chemise de papa. "Papa a trouvé que tu étais très impoli".

"Je ne voulais pas l'être." Elle a jeté un coup d'œil à ses pieds. "Hé, tu sais quoi ? On pourrait demander des tournesols et les vendre."

"Ils sont jolis, mais restons-en au plan. Mme Smith a dit qu'elle nous paierait deux quarts (cinquante cents) pour autant de cassis que nous pourrons transporter, alors nous avons déjà un acheteur. Nous ne connaissons personne qui veuille des tournesols."

"J'ai juste pensé que quelqu'un pourrait vouloir les graines. Mais d'accord."

J'ai jeté un coup d'œil à mon ami et j'ai choisi de ne rien dire de plus à ce sujet.

Au bas de l'escalier, nous avons rassemblé nos pensées. Par expérience, nous savions que ce n'était pas ce que nous disions, mais la façon dont nous le disions qui importait.

La dernière fois, nous avons échoué, lamentablement. Mlle Virginia a dit que les cassis n'étaient pas encore prêts. Elle a dit qu'elle était très enthousiaste à l'idée de créer de nouvelles recettes pour la foire annuelle d'automne.

Mlle Virginia était célèbre dans notre comté, car elle avait remporté de nombreuses médailles d'or pour des recettes à base de cassis. Elle avait souvent sa photo dans le journal local, parfois même en première page.

Elle avait donc le droit de garder les fruits pour elle, mais le monde était fait pour le partage. Nous espérions la convaincre de nous allouer une portion de cassis.

Lors de cette visite, la déception a dû se lire sur nos visages, car Miss Virginia nous a invités à l'aider à cueillir des pommes et des poires à la place. Elle nous a proposé de nous payer dix centimes chacun, mais ce n'était pas suffisant pour nous permettre d'obtenir ce que nous voulions. Nous l'avons remerciée pour son offre gentille et généreuse, mais nous avons refusé.

"Et si elle dit non ?" Sandra a demandé, grimaçant en me regardant dans les yeux.

J'ai tendu la main et touché les longues mèches blondes de mon amie, puis j'ai tiré un peu sur la mèche. "Viens, on va le découvrir."

Sandra s'est mise à courir, mais je l'ai rattrapée à temps et j'ai prononcé les mots "DECORUM", ce à quoi Sandra a répondu : "Hein ?". "Ralentis", lui ai-je chuchoté. "N'oublie pas que nous sommes des jeunes filles".

Nous avons gloussé. Sandra a de nouveau lissé le devant de sa robe.

J'ai sorti mes mains de mes poches et j'ai tendu la main vers le heurtoir. Avant même que je l'aie touché, Mlle Virginia a ouvert la porte. Elle souriait, pas seulement avec sa bouche mais aussi avec ses yeux. Elle était heureuse de nous voir, c'était bon signe.

"Qui avons-nous ici en cette belle matinée ?" demanda-t-elle, sachant très bien qui elle avait là car Sandra et moi étions revenues tout l'été. Nous avions grimpé sur son porche plus d'une douzaine de fois pour demander les cassis.

"C'est nous, Sandra et moi", ai-je dit et nous avons fait une sorte de révérence. C'était notre meilleure tentative de révérence, même si la vraie reine d'Angleterre ne l'aurait pas pensé. Mlle Virginia a applaudi.

"Bien, bien", dit Mlle Virginia en nous regardant de haut en bas. Sandra dans sa jolie robe rose et moi dans ma salopette. "Vous n'avez pas l'air toutes les deux..." Elle hésite. "Vous me rappelez..." Elle s'est arrêtée, ses mots et l'expression de son visage s'étant figés. Ses yeux sont devenus tristes, seulement pendant une seconde. Elle sourit. "Vous ressemblez toutes les deux à un tableau, en fait, j'aimerais prendre une photo si ça ne vous dérange pas ?".

Le fait qu'elle soit passée de joyeuse à triste et de nouveau joyeuse m'a fait mal au ventre. J'ai regardé Sandra et nous avons accepté. Mlle Virginia nous a invitées à l'intérieur à attendre pendant qu'elle préparait l'appareil photo. Dans l'autre pièce, nous pouvions l'entendre ouvrir et fermer des tiroirs.

"Je m'inquiète pour le chariot", a chuchoté Sandra.

Je me suis reculée et j'ai regardé par la fenêtre. "Tout va bien." Après cela, j'ai gardé un œil sur le chariot car je ne voulais pas qu'il disparaisse à nouveau.

Comme la fois où nous sommes rentrés pour boire un verre de limonade. Quand nous sommes ressortis, il n'y avait plus rien. Nous avons marché et marché en essayant de le trouver, mais il n'y avait aucun signe du chariot.

Sandra et moi sommes rentrées à la maison. J'étais terriblement bouleversée, je pleurais comme un bébé. Le chariot représentait beaucoup pour moi, les roues qui grincent et tout le reste. C'était un cadeau de Noël de mes grands-parents.

Nos parents et nos amis ont cherché jusqu'à ce que les lampadaires s'allument. Le lendemain, nous avons mis une annonce dans le journal des objets trouvés. On l'a retrouvé au-delà de la zone forestière, renversé dans le champ d'un agriculteur.

Nous, Sandra, et moi savions qui l'avait mis là. Bien sûr, c'était la vieille dame Macguire, mais nous n'avions aucune preuve. Papa disait qu'il ne fallait jamais accuser quelqu'un sans preuve, mais nous l'avions vue nous regarder de son mauvais œil.

À ce moment-là, Mlle Virginia est revenue avec un Kodak Instamatic. J'avais vu une publicité pour cet appareil dans l'exemplaire de Life Magazine de papa. Le 104 était un vrai bouchon.

"Rassemblez-vous les filles."

"La lumière ne serait-elle pas meilleure dehors ?" J'ai demandé.

Elle a souri et a ouvert la porte d'entrée.

Nous avons attendu sous le porche, en essayant de ne pas trop nous agiter pendant que Miss Virginia décidait où elle voulait que nous nous tenions pour obtenir la meilleure lumière.

Je me suis appuyée sur le mur du porche, essayant d'apercevoir les buissons de cassis, mais ça n'a rien donné.

"Hmmm," dit Miss Virginia, "pourquoi n'irions-nous pas dans le jardin ? Avec tout ce qui fleurit, nous pourrions prendre de magnifiques photos."

Sandra et moi avons souri.

Nous nous sommes dirigées vers les escaliers. Sandra a atteint le bas d'un bond rapide, à mon grand dédain. Mlle Virginia n'avait pas l'air de s'en préoccuper. Nous nous sommes promenées derrière elle, en écoutant chaque mot. "C'est ici que pousse le persil, et voici mes tomates. Comme elles ont grandi cette année ! Rien de tel qu'une sauce tomate fraîche. Et par ici, il y a mon champ de pissenlits. Je les utilise pour faire du vin de pissenlit."

Sandra a sursauté et fait une grimace.

Mlle Virginia n'a pas semblé le remarquer. "Et voici mon carré de cassis, mais bien sûr, vous le savez déjà, les filles."

J'ai essayé de ne pas avoir l'air trop excitée et j'ai jeté un coup d'œil par-dessus mon épaule au chariot en évaluant la quantité que nous pourrions transporter en un seul voyage. Je regrettais de ne pas l'avoir apporté avec nous dans le jardin.

J'ai senti le bras de Sandra frôler le mien. J'ai remarqué qu'elle avait la bouche grande ouverte en regardant les groseilles. Elle ressemblait à un chien qui attend son dîner.

"Je la fermerais jeune fille", s'est exclamée Mlle Virginia, "à moins que tu ne veuilles attraper des mouches".

Sandra a caché sa bouche derrière sa main.

Mademoiselle Virginia a ri presque aux éclats tandis que nous regardions les buissons de cassis en pleine floraison. Les fruits étaient suspendus là, prêts à être cueillis. Des tas et des tas de groseilles. Nous étions tellement excitées que nous avons poussé un cri.

"D'abord les photos", nous a rappelé Mlle Virginia. Mlle Virginia a essayé de trouver le meilleur angle possible compte tenu du fait que les arbres s'étiraient sous la lumière du soleil, créant des ombres.

J'ai réalisé qu'avec autant de groseilles prêtes à être cueillies, Mlle Virginia aurait besoin de notre aide et qu'elle devrait nous offrir plus d'argent que lorsqu'elle nous a demandé de cueillir les pommes et les poires. Avec les pommes et les poires, nous étions limités à ce que nous pouvions atteindre. Avec les cassissiers, nous pouvions faire le tour et cueillir chaque groseille.

"Pouvons-nous en cueillir maintenant ?" demande Sandra.

J'ai secoué la tête en espérant qu'elle n'avait pas gâché nos chances.

"Je voudrais une photo avec les groseilliers derrière vous. Attention, ne les écrasez pas, ne faites pas tomber les fruits et, pour l'amour du ciel, n'en mangez pas avant la photo ou vos mains et vos bouches seront tachées. Oh, je viens de me rappeler. Maintenant, les filles, attendez ici pendant que je me glisse à l'intérieur pour un moment."

Seules, positionnées en plein devant les groseilles, c'était comme si elles nous appelaient par nos noms. Nous nous sommes agitées. Nous avons attendu. Nous avons essayé de ne pas écouter le murmure des groseilliers noirs. Ils nous ont invités à en cueillir un. À goûter.

"C'est de la folie", a dit Sandra. Elle a ouvert et fermé les poings. Elle s'est retournée et a fait face aux groseilliers.

Je me suis tourné aussi. "Je suis d'accord. Mais si nous attendons les cassis, nous gagnerons assez d'argent en les vendant en un après-midi."

"D'accord", a dit Sandra en regardant les grappes de fruits. "Mais il faut que j'en prenne un"

"Ne le fais pas", ai-je dit.

"Mais elle ne le saura jamais !"

"D'accord, choisissons une baie".

"Mais elles sont si petites."

Sandra en a choisi une et moi aussi. Je l'ai mise dans ma bouche et le goût sucré et acide m'a donné envie d'en manger une autre. Et encore d'autres. Nous en avons pris une poignée et les avons jetées dans nos bouches. Le jus de groseille a recouvert ma langue.

Mlle Virginia est retournée dans le jardin.

Nous devions avoir fière allure. Sandra avec le jus qui maculait son visage et sa robe. Moi, cachant mes mains dans mes poches.

Mlle Virginia ne s'est pas fâchée contre nous. Au lieu de cela, elle a dit : "Oh là là, regardez votre jolie robe". Elle a secoué la tête. Elle s'est éloignée. "Ce sera tout pour aujourd'hui les filles. Maintenant, vous deux, rentrez chez vous."

"Mais Mlle Virginia. Et les cassis ?"

"Oui", dit Sandra, "Nous sommes désolées de ne pas avoir attendu mais ils nous appelaient".

Mademoiselle Virginie rit. "Je me souviens quand ils nous ont appelées, mes sœurs et moi".

Elle est redevenue toute triste et mon estomac a fait ce drôle de truc. "Et les photos ?"

Mademoiselle Virginie nous a demandé de nous mettre à notre place puis a dit : "Dis le fromage". Après quelques photos, elle a demandé : "Au fait, pourquoi vous intéressez-vous tant à mes cassis ?"

Sandra m'a chuchoté à l'oreille et nous avons accepté de tout lui raconter.

"Mademoiselle Virginie, nous voulons gagner assez d'argent pour échanger des bracelets d'amitié. Nous les avons vus au marché et ils coûtent 25 cents pièce", a dit Sandra.

"La dame du marché les fabrique elle-même. Elle a dit que nous pourrions faire une cérémonie d'amitié et qu'ensuite nous serions les meilleures amies pour la vie."

Mlle Virginia n'a pas parlé tout de suite. Au lieu de cela, elle s'est promenée à travers le portail et nous l'avons suivie. Elle s'est arrêtée et a touché les visages des tournesols, comme si les fleurs étaient de vieilles amies. Elle semblait perdue dans ses pensées.

Je me suis demandé si nous ne demandions pas trop et si nous n'offrions pas trop peu en retour.

"Venez avec moi", dit Mlle Virginia en commençant à cueillir des pissenlits. Lorsqu'elle a eu les bras pleins, elle en a passé quelques-uns à Sandra et en a cueilli d'autres qu'elle m'a passés. N'ayant toujours pas fini, elle en a ramassé d'autres et les a tenus sur le devant de sa robe. Elle s'est assise et a fait un tas avec celles qu'elle avait cueillies. Elle nous a demandé de combiner nos fleurs avec les siennes. Nous nous sommes également assises, Sandra d'un côté et moi de l'autre.

Mlle Virginia a pris une fleur, puis une autre. Nous avons regardé comment elle insérait son ongle dans les tiges et laissait couler le lait du pissenlit. Bien que ses doigts soient devenus collants, elle a continué à les enfiler, créant ainsi un chapelet de pissenlits. Elle a terminé une ficelle puis en a commencé une autre.

"Tu vois cette substance laiteuse ? demande Mlle Virginia. Nous avons hoché la tête. "Qu'est-ce que vous pensez que c'est ?"

"Est-ce du sang ?" Sandra a demandé.

Je me suis aussi posé la question mais je n'ai pas voulu le dire parce que je n'avais jamais entendu parler de sang blanc. Je ne me suis pas risquée à deviner et j'ai préféré hausser les épaules.

"Vous avez déjà entendu parler du latex ?"

Nous avons secoué la tête.

"Ils l'utilisent pour faire du caoutchouc."

"Tu veux dire comme ma balle indienne en caoutchouc ?"

"Elle rebondit très haut !" dit Sandra.

"Oui, les filles, vous avez compris. C'est pour ça que c'est si collant." Elle a continué à enfiler les fleurs ensemble. "Nous avions l'habitude d'en faire, mes sœurs et moi, quand nous avions ton âge".

"Que leur est-il arrivé, je veux dire à tes sœurs ?" Sandra demande.

"Elles sont au paradis", dit-elle en commençant un troisième cordon floral.

"Au moins, elles sont ensemble."

Mlle Virginia m'a tapoté la main. "Tu es très mature pour ton âge, n'est-ce pas ? Tu as dit que tu venais d'avoir sept ans ?"

"Oui."

"Et toi Sandra ?"

"J'ai sept ans aussi."

Mademoiselle Virginie a regardé le ciel et pendant quelques instants, nous avons regardé les nuages naviguer au-dessus de nous.

"Celui-là ressemble à un ours", ai-je dit en le montrant du doigt.

"Et celui-là ressemble à une grosse boule de rien du tout", a dit Sandra.

Nous avons ri. Mademoiselle Virginia avait un très beau rire. "Maintenant, qui est le premier ?" a-t-elle demandé, et comme j'étais la plus proche d'elle, elle m'a pris le bras. Elle a placé le cordon de fleurs autour de mon poignet et a refermé le cercle : c'était un bracelet. Elle fit de même sur le poignet de Sandra, puis referma le troisième autour du sien.

"Ah", dit mademoiselle Virginie en remarquant qu'il lui restait pas mal de pissenlits. Elle commença à les enfiler jusqu'à ce qu'il n'en reste plus. Elle s'est levée. Nous nous sommes levés aussi.

Mademoiselle Virginie a placé le chapelet de fleurs sur la tête de Sandra. "Cela s'appelle une guirlande", a-t-elle dit. "Tu en veux une aussi ?"

"Non, merci", ai-je dit.

"Je pourrais te faire un joli collier ?"

J'ai regardé mes pieds. "Je ne voudrais pas utiliser tous les pissenlits. Tu en as besoin pour le vin."

Sandra a croisé les yeux et a tiré la langue.

Mademoiselle Virginie n'a pas prêté attention à la grimace de Sandra.

"Oh, ce n'est pas un problème", a dit Mlle Virginia, "il m'en reste encore de l'année dernière", et elle a commencé à cueillir. Nous nous sommes jointes à elle et à nous trois, en peu de temps, j'ai porté un magnifique collier ensoleillé. Quand je virevoltais, il virevoltait aussi.

Satisfaites de nos parures, Sandra et moi n'étions pas pressées de partir et nous avons passé l'après-midi à arracher les mauvaises herbes et à mettre de l'ordre dans le jardin.

Lorsqu'il fut presque l'heure du dîner, nous avons dit que nous devions partir.

"Attendez ici un instant", dit Mlle Virginia. Elle revint avec un gant de toilette, une cuvette remplie d'eau et son portefeuille. "Puis-je ?

Quand Sandra a hoché la tête, Mlle Virginia a plongé le gant dans l'eau et a soulevé la tache de la robe de Sandra. "Ça va sécher pendant que vous rentrez à la maison". Elle a utilisé le gant de toilette sur nos mains et nos visages.

"Merci", avons-nous dit.

"Oh, et encore une chose", elle a fouillé dans son portefeuille et nous a tendu deux pièces de 25 cents.

Nous pouvions acheter les bracelets de l'amitié après tout !

Sans hésitation ni consultation, nous avons refusé avec gratitude.

Mlle Virginia n'avait pas l'air de s'en préoccuper. "À l'année prochaine", a-t-elle dit avant de refermer la porte d'entrée.

Nous avons tiré le chariot vide sur la route cahoteuse, en tenant soigneusement la poignée pour ne pas abîmer nos bracelets.

"Peut-être l'année prochaine ?" demande Sandra.

"Oui, peut-être l'année prochaine", ai-je répondu. "Maintenant, allons chercher cette miche de pain".

Sandra a fouillé dans sa poche. Elle a fait tourner la monnaie. "N'oublie pas la glace à la banane".

Arrivées au magasin du coin, nous avons lâché la poignée et nous nous sommes engouffrées à l'intérieur sans penser à la vieille dame Macguire.

EPILOGUE

Je suis retourné dans cette rue avec mon fils adolescent quarante-sept ans plus tard et, comme tu peux l'imaginer, beaucoup de choses avaient changé. Certaines en bien, d'autres en moins bien.

La rue n'était plus un cul-de-sac. Elle était entièrement pavée et élargie, de sorte qu'il n'y avait plus de fossés. La plupart des maisons avaient été reconstruites avec des revêtements en bois et en aluminium. Quelques-unes étaient équipées d'antennes paraboliques.

Maintenant que la rue était ouverte, une nouvelle route, de nombreuses maisons, une tour cellulaire et une installation hydroélectrique remplissaient l'espace.

La maison de Mlle Virginia a été démolie et transformée en logements. Le jardin arrière a été pavé et transformé en parking.

La maison de la vieille dame Macguire est restée à peu près la même, bien que les rideaux aient été remplacés par des volets californiens.

Sandra et moi avons pris des chemins différents lorsque sa famille a déménagé dans le Nord. Elle est revenue en 1975 et nous sommes allées voir le film Les Dents de la mer. Nous nous sommes ensuite perdues de vue.

Mon chariot rouge a été transmis à mes frères et à mes sœurs, puis à mes cousins. S'il pouvait parler, il aurait beaucoup de belles histoires à raconter.

La simple évocation du cassis me ramène encore à l'été 67.

L'ÉTOILE LA PLUS BRILLANTE

C'ÉTAIT TARD DANS LA soirée et un jeune couple se tenait sous la couverture du ciel nocturne dégagé. Derrière eux, un mur de conifères odorants gardait les frontières.

Sous la pleine lune, William et Linda avaient les pieds sur terre en se tenant la main, même si leurs yeux et leurs esprits étaient consumés par les étoiles.

Le ciel de minuit étendait ses bras grand ouverts au-dessus d'eux. Dans l'étreinte de la nuit noire, ils ont dansé lentement sur le répertoire sélectionné du moqueur nordique, tandis que les étoiles et les lucioles se bousculaient pour attirer l'attention.

Le couple avait l'impression d'être les deux seuls êtres vivants restés sur terre. Ensemble, ils étaient au bord du monde, observant, écoutant, mariés au ciel et, après l'envol du moqueur, aux sons stimulants du silence.

Jusqu'à ce qu'une étoile solitaire s'allume, juste devant eux, attirant l'attention sur elle. Une étoile filante. Elle tombe. Traçant un chemin dans le ciel. Grésillant, à l'intérieur d'un courant électrique invisible, accélérant, tombant.

"Écoute, tu as entendu ça ?" demande William.

"Oui, on aurait dit des anges qui battaient des ailes", répond Linda.

Ils l'ont regardé avancer, changer de trajectoire puis disparaître derrière un nuage. L'expérience de la voir, de la partager, a donné au couple le sentiment de faire partie de quelque chose de plus grand que soi, de quelque chose d'autre que le monde.

Nous sommes tous nés de la poussière d'étoiles. Connectés pour toujours, les vivants comme les morts.

Lorsque l'étoile n'a plus été visible, le couple s'est assis ensemble et a attendu que quelque chose d'autre se produise. Aucun des deux ne parlait, car ils gardaient le souvenir, mélangeant les sentiments et les sensations. Encadrant le moment dans leur esprit pour toujours.

Linda et William étaient sûrs d'une chose : la nature était la clé. Les jours où tout semblait impossible, où la vie était invivable, un lien spirituel avec les éléments les guérissait. Elle leur a donné de l'espoir et a élevé leur cœur, leur esprit et leur corps.

"As-tu fait un vœu ?" demande Linda alors qu'un troupeau d'oies du Canada se fraye un chemin dans le ciel en klaxonnant.

"Non, je t'ai déjà", a répondu William en prenant Linda dans ses bras. Le jeune couple a continué à regarder le ciel jusqu'à ce qu'on ne voie ni n'entende plus les oies.

Linda et William avaient traversé tant de choses ensemble et pourtant, pour chacun, l'autre était suffisant.

"Tu sais, je pourrais rester assise ici pour toujours avec toi William et laisser le monde passer. Je n'ai pas l'impression de manquer de quoi que ce soit, et j'aime quand le monde est calme et que c'est presque comme si toi et moi étions marqués sur une île qui nous est propre."

William la serra de plus en plus fort dans ses bras et Linda était maintenant confortablement assise sur ses genoux.

Alors qu'ils se donnaient la main, une sirène retentit au loin. Elle a fait irruption dans leur petit monde momentanément jusqu'à ce que William, d'une voix chuchotée, commence à réciter son poème préféré de Walt Whitman :

"Quand j'ai entendu l'astronome savant, quand les preuves, les chiffres, ont été rangés en colonnes devant moi, quand on m'a montré les tableaux et les diagrammes, pour les additionner, les diviser et les mesurer, quand l'agitation a entendu l'astronome où il a fait son cours avec beaucoup d'applaudissements dans la salle de conférenceComment bientôt, sans explication, je suis devenu fatigué et maladeJusqu'à ce que, me levant et glissant, je me promène tout seulDans l'air humide et mystique de la nuit, et de temps en temps, j'ai regardé les étoiles dans un silence parfait." *

Une sirène hurle au loin, brisant l'instant. Suivie d'une autre et d'une troisième. Les échos ont déchiré le calme, mais seulement pour un temps fugace comme l'avait fait l'étoile. L'un criant, l'autre brûlant. Tous deux ont besoin d'aller quelque part - rapidement. Le premier était un son laid et dur, un son qui signifiait le danger et le chaos. Un autre être humain avait besoin d'aide, immédiatement. Le second, une étoile, de belles ailes d'ange battant, mourant. Fin.

Telle est la vie et telle est la mort. Nous finissons tous de la même façon, peu importe combien nous crions ou combien nous essayons de nous faire remarquer, d'être utiles.

Le couple est resté assis, totalement perdu dans l'instant. Partageant chaque respiration alors que la nuit se déploie tout autour d'eux. Les grillons stridulaient et les moustiques bourdonnaient. Les arbres gémissaient, exprimant leur indignation contre le vent qui les réveillait prématurément.

Linda se souvient du jour où elle a rencontré William pour la première fois. In était au lycée et ils avaient seize ans. Linda était la petite nouvelle, issue d'une famille de militaires qui déménageait tout le temps. Pourtant, elle n'a jamais eu de mal à s'intégrer ou à se faire des amis parce qu'elle était gentille et jolie et que les gens étaient attirés par elle. Le premier jour où elle a vu William sur le terrain de football, elle a su qu'il était celui qu'il lui fallait. Il a jeté un coup d'œil dans sa direction, a souri et, un peu plus tard, l'a invitée à sortir. Très vite, ils sont devenus des amoureux du lycée. Destinés à être ensemble pour toujours.

William était fils unique et son premier amour était le sport. Il espérait obtenir une bourse de football dans l'une des meilleures universités après avoir obtenu son diplôme. Quand il ne s'entraînait pas, il jouait. Il n'était pas un érudit, loin de là, mais il admirait le travail exigeant et il était un excellent juge de caractère. Un jour, il a repéré Linda qui s'efforçait d'ouvrir le cadenas de son casier. Il lui a proposé son aide, mais le cadenas s'est ouvert dès qu'il l'a demandé. Après ce jour, il a voulu l'inviter à sortir, mais il ne l'a pas fait jusqu'au jour où ils ont échangé un regard sur le terrain de football. Quand elle lui a souri, il a su que c'était la bonne.

Hélas, leurs parcours professionnels les ont entraînés dans des directions différentes. Ils se sont quittés en pleurant tous les deux. Tous deux ont promis de rentrer à la maison tous les week-ends et de rester en contact tous les jours. Au début, ils s'envoyaient des textos et s'appelaient tous les jours, puis c'est passé à tous les deux jours, puis à toutes les semaines. Mais ce n'était pas grave, car ils rentraient toujours à la maison tous les week-ends, pour se voir et être ensemble. Le fait de s'éloigner et de se retrouver les a rendus plus forts et plus proches l'un de l'autre.

Puis quelque chose s'est produit, et aucun des deux n'était sûr de ce que c'était. Peut-être étaient-ils trop occupés, ou peut-être que le fait d'être séparés est devenu la nouvelle norme.

Se sentant seuls, mais ne pouvant se retrouver, ils ont commencé à voir d'autres personnes. Ils se sont mis d'accord pour voir d'autres personnes, pour tâter le terrain, en quelque sorte.

William est sorti une ou deux fois, mais peu importe qui il voyait, il ne pensait qu'à Linda. Il se demandait ce qu'elle faisait et avec qui elle était. Il essayait de ne pas s'en préoccuper quand les gens parlaient d'elle ou la voyaient en rendez-vous, mais il s'en préoccupait - il l'aimait - elle était tout pour lui - mais si elle était heureuse, il était assez homme pour prendre du recul et lui laisser le temps de comprendre ce qu'il savait déjà.

Linda sortait aussi avec des hommes, elle était superbe et intelligente. Elle a essayé de chasser William et ses pensées de son esprit. Elle a tout essayé, elle est sortie avec des hommes différents de William, mais il lui manquait toujours quelque chose. Quand elle a appris qu'il voyait d'autres femmes, elle a sorti son menton et a dit : "S'il peut le faire, alors je peux le faire." Une de ses amies, qui voulait secrètement William pour elle-même, l'a éconduite et Linda a continué à fréquenter un homme qui, elle le savait, n'était pas fait pour elle. En fait, aucun de ces hommes ne pouvait rivaliser avec William, car elle l'aimait, lui et lui seul. Son coeur ne pouvait en aimer aucun autre.

Ils ont couru l'un vers l'autre comme le font les acteurs dans les films et ont juré qu'une fois leur diplôme en poche, ils ne se sépareraient plus jamais. Et c'est ainsi que les choses se sont passées.

Quinze ans plus tard, toujours mariés. Toujours ensemble.

Même lorsqu'ils ont perdu leur emploi. Travailler dans la même entreprise avait ses avantages, mais pas quand l'économie allait mal et que c'était le dernier arrivé le premier licencié. Linda a été licenciée la première et s'est démenée pour trouver un autre emploi, mais avec le bébé en route, ils ont décidé de rester dans la même entreprise, William travaillant à temps plein et bénéficiant de tous les avantages médicaux et Linda restant à la maison jusqu'à ce que leur fils soit assez grand pour aller à la garderie (que l'entreprise avait sur place).

Au lieu de s'améliorer, l'économie a empiré et William s'est rapidement retrouvé au chômage. Tous deux ont pris des petits boulots, où et quand ils le pouvaient, se partageant les soins à donner à leur fils, car engager une baby-sitter aurait été trop coûteux et ils avaient besoin de chaque centime pour continuer à payer leur hypothèque.

Lorsqu'ils n'ont plus trouvé d'emploi, ils ont perdu leur maison. Ils ont hypothéqué leur maison au maximum, comme tous leurs amis, et se sont retrouvés à la rue. Ils ont vécu dans leur voiture pendant quelques mois, jusqu'à ce que les créanciers les retrouvent et la saisissent aussi.

Ils sont restés ensemble, forts. Ils se sont accrochés l'un à l'autre.

Quand ils ont perdu leur fils, tout a été mis à l'épreuve. Pas d'assurance maladie, pas de maison, pas d'adresse. Un virus, une grippe, une pneumonie et une nuit, il n'était plus là.

Le perdre les a presque conduits au bord du gouffre. Ils ont vacillé et titubé, tandis que les vagues du désespoir les entraînaient vers le bas, et que les bouteilles d'alcool d'automédication les tiraient vers le haut pendant quelques instants, puis les jetaient dans le caniveau et manquaient de les déchirer. Ils n'avaient plus que des souvenirs de leur fils et une photo encadrée dans une fente en plastique au centre d'un oreiller qu'ils transportaient dans un sac à dos avec des vêtements de rechange, des articles de toilette et un rouleau de papier hygiénique.

Puis ils ont découvert un lien avec leur fils à travers la nature. Ils ont marché, de plus en plus haut, en sentant sa présence par rapport au ciel. Ils n'avaient pas besoin de se nourrir ou, quand c'était le cas, ils trouvaient quelque chose dans la nature. Ils se sont baignés dans les ruisseaux, ont mangé des pommes et des baies sauvages. Des pissenlits et des asperges sauvages. Têtes de violon et échalotes. Du cresson et du riz sauvage du Nord. Autant de délices qu'ils ont pu butiner et préparer sans rien avoir sous la main. Et l'eau, ils la buvaient à la rosée du matin sur les feuilles des arbres et quand il pleuvait, ils ouvraient la bouche vers le ciel et buvaient à satiété.

Et ils ont trouvé cet endroit, bien au-dessus des lumières de la ville. Loin des tentations et de la pollution sonore. Entouré par la nature où ils pouvaient être totalement ensemble. Dans un endroit où ils n'avaient pas à se cacher de la douleur, où la nature l'absorbait pour eux, en eux.

Où la simplicité d'une étoile descendante pouvait les captiver et leur ramener leur fils en un instant, dans la mort d'une étoile de nuit.

"On ferait mieux de dormir, grosse journée demain", dit William en s'étirant les bras et en bâillant.

"Je n'aimerais pas que celle-ci se termine quand même".

Un lapin sautillait dans l'herbe, s'arrêtant de temps en temps pour humer l'air. Leurs estomacs grommelaient, mais ni l'un ni l'autre n'était prêt à prendre une vie pour un repas.

Linda a fouillé dans le sac à dos et en a sorti l'oreiller. Elle embrassa la photo de son fils et William fit de même.

William a tapoté une place pour lui, puis une place pour Linda.

Linda ébouriffe l'oreiller. Elle l'a placé sur le sol et a posé sa joue sur la photo de son fils. William fait de même.

Ils se sont blottis l'un contre l'autre, comme deux cuillères.

Comme William était à l'arrière, il déplia soigneusement les pages du journal, Une rafale de vent se dirigea vers eux, faisant connaître sa présence. William a serré les journaux contre sa poitrine, les protégeant comme s'ils étaient plus précieux que de l'or.

Lorsque l'air est redevenu calme, William a recouvert Linda de la première et de la deuxième page, puis a pris le relais en superposant la troisième et la quatrième.

Ils se sont blottis l'un contre l'autre. Aussi proches que deux êtres humains peuvent l'être.

"Night love", dit-il.

"Night love", a-t-elle répondu.

*Quand j'ai entendu l'astronome savant par Walt Whitman 1865

LA RÉVÉLATION DE MARGARET

LE PRINTEMPS ÉTAIT DANS l'air. Pourtant, Margaret n'arrivait pas à se sortir du marasme.

Lorsque les sentiments l'envahissaient, Margaret se prenait dans ses bras parce que personne d'autre ne lui proposait de le faire. Ses amis lui disaient qu'elle se défilait. Elle devrait parler plus fort. Demander, ne pas exiger ce dont elle avait besoin. Elles lui ont dit qu'elle ne devait pas s'attendre à ce que son mari soit atteint du syndrome de stress post-traumatique.

Dans ces moments-là, Margaret se roulait dans une boule de poils imaginaire, comme une maman ours. Puis elle s'étirait et bâillait, comme si elle se réveillait d'une longue hibernation.

Prends un autre verre, lui disaient-ils, comme si le fait de s'énerver allait améliorer les choses.

Margaret aspirait à un nouveau départ. Une renaissance saisonnière, une renaissance qui lui permettrait de se reconnecter au plus profond d'elle-même.

***

À 5 heures du matin, dans la banlieue ouest de Toronto, près du lac Ontario, les oiseaux sont rentrés de leurs vacances d'hiver. Quelques-uns restent tout au long de l'année - ceux-là, elle les considère comme ses amis de tous les temps. Ils avaient déjà dépouillé le buisson de myrtilles. Pour les faire revenir, Margaret a rempli les mangeoires de graines de tournesol à l   '   h   u   i   l   e noire.

En hiver, le répertoire des voix d'oiseaux allait des geais bleus aux cardinaux, en passant par les colombes et les kildirs. Margaret attendait dans le silence chaque matin pour les entendre annoncer les nouveaux jours. Rafraîchie dans son corps et dans son esprit, elle fermait les yeux et se rendormait. Jusqu'à ce que des voix discordantes la réveillent.

C'était son fils adolescent qui s'opposait à son mari. Bien qu'ils partagent le même sang, leurs hormones se disputent la domination, et ils s'affrontent - surtout le matin à la première heure.

Margaret et Michael Lindstrom se sont mariés il y a treize ans et leur fils, qui a maintenant treize ans, est né peu de temps après. Certains ont dit que le couple devait se marier, mais ce n'était pas leurs affaires.

Ils s'étaient rencontrés lors d'un rendez-vous à l'aveugle et s'étaient tout de suite entendus. Michael était cadre dans l'industrie du transport. Margaret cumulait deux emplois tout en allant à l'université pour obtenir une licence en graphisme.

Michael travaillait de longues heures. Comme Margaret étudiait et cumulait deux emplois, le couple ne se voyait pas souvent. Mais lorsqu'ils se voyaient, les étincelles jaillissaient. L'amour était dans l'air. De parfaits inconnus s'approchaient d'eux pour leur dire à quel point ils avaient l'air amoureux, et le soleil ne manquait jamais de briller lorsqu'ils se promenaient en se tenant la main.

Les amies de Margaret étaient jalouses qu'elle ait un petit ami stable et se sentaient concernées. Avec leur emploi du temps chargé, elles avaient à peine le temps d'avoir une aventure, sans parler d'une relation à part entière avec un homme plus âgé.

"Amuse-toi sans attentes", conseillait Annabelle, même si elle-même pour éviter les complications avait une politique de la porte ouverte qui lui permettait de changer de partenaire au pied levé.

"Mais je l'aime bien. Je veux dire que je l'aime vraiment bien", a répondu Margaret.

"Si c'est fait pour durer, ça peut attendre jusqu'à ce que tu sois diplômée", a dit Lizzy, qui était dans le jeu de l'université pour le long terme. Elle préparait une licence en astrophysique, puis un master en sciences, et elle n'avait pas encore décidé quel diplôme étudier après avoir obtenu son diplôme. "Il est vieux, mais pas ancien, et il est peu probable qu'il se casse la figure de sitôt".

Il est gentil, doux et attentionné. En plus, il m'a invitée à un concert professionnel pour rencontrer ses collègues. Il dit qu'il veut me mettre en valeur." Elle sourit.

"Tu as déjà assez à faire avec tes deux emplois et l'obtention de ton diplôme", propose Annabelle. "Sans compter que tu es bien trop jeune pour t'attacher. À moins que ce ne soit votre truc à tous les deux." Elle se moque et trinque avec Lizzy.

"Je pourrais dire non, je suppose", a dit Margaret en ajoutant un peu plus de vin dans son verre.

"Ce que tu ne veux pas faire", dit Lizzy. "Je te dis d'y aller. Rencontre toutes les personnes ennuyeuses avec lesquelles il travaille tous les jours. Cela te guérira certainement des illusions que tu as sur lui - si rien d'autre ne le fait."

Margaret soupira et retourna à ses études. Il n'était pas si vieux que ça, et il ne se comportait pas comme tel. Une différence de sept ans n'était rien de nos jours.

Plus tard, elle est sortie dîner avec Michael, où elle a rencontré quelques-uns de ses collègues de travail. Elle était plus proche de leur âge que Michael, mais il s'entendait bien avec tout le monde et, étonnamment, elle a passé un moment agréable. Elle a aimé que Michael la présente comme sa petite amie. Après l'avoir dit, il l'avait regardée comme s'il s'attendait à ce qu'elle le réfute, mais au lieu de cela, elle lui avait pris la main. Elle aimait beaucoup faire partie de sa vie.

Peu de temps après le concert de travail, Michael a invité Margaret à se joindre à lui pour un voyage d'affaires à l'extérieur de la ville. Elle a dit non, mais la tentation de visiter Seattle, dans l'État de Washington, l'a amenée à remettre sa décision en question. Après tout, elle pouvait encore étudier et une pause dans sa routine quotidienne serait la bienvenue. Si elle y allait, à son retour, elle se mettrait vraiment à l'ouvrage.

"Tous les frais sont payés", lâche Michael. "Je serai absent pendant la journée... tu auras tout le temps d'étudier au bord de la piscine, dans le jacuzzi."

Elle a secoué la tête pour dire non, mais il pouvait voir qu'elle faiblissait.

"Et nous volons en classe affaires."

Eh bien, c'est tout ce qu'il y a à faire. Elle a fait son sac et ils sont partis pour Seattle où, le jour, elle a étudié. Le soir, ils ont regardé les Mariners jouer un soir et sont allés au Tractor Tavern Rock Club un autre soir. Ils ont entendu Bill Clinton donner une conférence au Seattle Centre. Ils sont montés à la Space Needle, ont admiré le jardin Chihuly et sont allés au musée de la culture pop. C'était comme s'ils étaient en lune de miel ; l'amour était dans l'air et ils ont conçu Tommy.

Margaret et Michael n'avaient jamais parlé d'enfants. Margaret ne savait pas comment aborder le sujet. Elle a envisagé de se faire avorter, mais ce n'était pas en elle de faire du mal à quelqu'un qui n'avait pas choisi de naître. Elle a invité Michael à dîner et a abordé le sujet.

"Je veux une famille, beaucoup d'enfants", a-t-il dit.

Elle a souri.

"Je ne me vois pas du genre à me marier", dit-il en faisant une pause. "Cependant, s'il y avait un enfant, j'envisagerais de me marier. Tous les enfants méritent le meilleur départ possible."

"Je crois que je suis enceinte", dit-elle.

Il est d'abord resté silencieux, puis il s'est levé d'un bond et l'a prise dans ses bras. Il a dit qu'ils devaient en avoir le cœur net. Elle a pris rendez-vous avec son médecin. Quand il a confirmé ce qu'elle savait déjà, ils se sont accrochés l'un à l'autre en pleurant comme des idiots. Même aujourd'hui, lorsqu'elle pense à ce jour, elle doit se retenir de pleurer.

Elle a abandonné l'université lorsque les nausées matinales ont pris le dessus sur sa vie. Les cours manqués semblaient s'accumuler. Lorsqu'il est devenu évident qu'elle devrait redoubler toute l'année, Margaret a pris un congé sabbatique et s'est concentrée sur l'avenir. Il y avait beaucoup à faire avant l'arrivée du bébé. Ils ont vendu son appartement. Acheté une maison en banlieue et fait un mariage rapide au bureau d'enregistrement pour rendre le tout officiel.

La future nouvelle maman a passé ses journées à rendre leur maison accueillante. Lorsqu'ils ont appris qu'ils allaient avoir un garçon, Margaret s'est lancée à fond dans la création d'une merveilleuse chambre d'enfant. Ils ont choisi un thème sportif, le baseball, le hockey, le basket-ball. Même le football. Autant d'activités sportives qu'elle et Michael aimaient regarder sur leur écran plat.

Lorsque Michael était au travail, Margaret préparait parfois un plateau d'aliments comme de la crème glacée, du céleri, des champignons et de la salsa. Puis elle s'installe devant la télévision, met de la musique apaisante pour le bébé et lui fait la lecture. Margaret avait perdu le compte du nombre de fois où elle avait lu "What to Expect When You're Expecting" à son petit. Pour elle, c'était comme une bible pour bébé et le partage des connaissances renforçait encore leur lien.

Par un après-midi ensoleillé, elle s'est rendue à la librairie d'occasion locale avec une liste des livres préférés qu'elle avait adorés lorsqu'elle était petite fille. Elle avait oublié de demander à Mark quels étaient ses livres préférés, mais il n'a jamais été un grand lecteur. Il a fallu deux voyages pour apporter tous les livres à l'intérieur. Elle s'assit sur la causeuse, les boîtes de livres devant elle. Elle n'arrivait pas à croire qu'elle les avait tous trouvés ! Même le Pokey Little Puppy qui était le premier livre qu'elle avait appris à lire elle-même. Oh, et elle a feuilleté des exemplaires de Charlotte's Web, Anne of Green Gables, Curious George, The Bobbsey Twins, Heidi, et toute la série Harry Potter. Mark a ri et a dit qu'ils feraient mieux d'investir dans une étagère. Il a fait mieux que cela, il en a construit une lui-même en disant qu'il n'y aurait aucun meuble de ce genre dans la chambre de son fils.

Très vite, Tommy est arrivé, et il était la plus belle œuvre d'art qu'elle ait jamais vue. Parfois, elle n'arrivait pas à croire qu'elle et Michael l'avaient créé. Son cœur grandit, elle n'aurait jamais cru pouvoir aimer quelqu'un plus qu'elle n'aimait Michael : et elle l'aimait beaucoup.

Michael voulait avoir un autre bébé tout de suite, mais une deuxième grossesse n'était pas envisageable. La naissance de Tommy avait été difficile et le médecin leur avait conseillé de ne pas réessayer. Michael a reconnu que le risque n'en valait pas la peine et il s'en est accommodé, du moins c'est ce qu'il a dit. Margaret ne le croit pas, bien qu'il ait toujours été honnête par le passé.

Des bruits sourds retentirent à nouveau au rez-de-chaussée, ramenant Margaret à la réalité. Tommy a commencé par crier en faisant claquer une armoire, puis Michael l'a réprimandé et les choses se sont rapidement envenimées. Ils se sont disputés sur les sujets les plus ridicules. Ni l'un ni l'autre n'était du matin... et elle non plus.

Une simple matinée de paix et de tranquillité était tout ce dont elle avait besoin pour se remettre sur les rails.

Margaret envisagea de se lever, puis rejeta l'idée. Elle attendrait qu'ils lui demandent de l'aide. Inévitablement, ils le feraient.

Tommy passa la tête dans sa chambre. Au lieu de parler à voix basse, il cria : "Tu dors, maman ?". Il attendait une seconde ou deux qu'elle remue.

"Oui", répondait-elle toujours en frottant ses yeux fatigués, même s'il lui était impossible de dormir pendant toute la période de raucité.

Maintenant qu'il avait son attention, il s'écriait : "Je ne trouve pas mon maillot de sport, maman."

Elle souriait puisqu'elle les rangeait toujours exactement au même endroit, mais elle n'en parlait pas cette fois-ci. À quoi bon ? "Ils sont dans ton placard, mon amour".

"Ils sont tellement, PAS !" dit-il, suivi d'un piétinement, d'un recul et d'un claquement de porte.

Elle a commencé à compter un mississippi, deux mississippi, trois mississippi.

"Je l'ai trouvé ! Merci, maman ! Il était là tout le temps !"

Margaret se réinstallait sous les couvertures et s'endormait à nouveau. Jusqu'à ce que son mari Michael revienne dans leur chambre. Il suivait un régime strict. D'abord la toilette, puis le lavage des mains, le brossage des dents, l'utilisation du fil dentaire, le raclage de la langue avec des sons intermittents et très audibles (ce qui l'obligeait souvent à se boucher les oreilles avec l'oreiller). Tout est chronométré à la seconde près.

Quand il avait fini, il ouvrait grand la porte et la vapeur chaude s'échappait avant qu'il n'entre dans la pièce. Elle le regardait traverser le plancher comme s'il suivait un fantôme en fuite. L'odeur de son eau de Cologne et la vapeur chaude lui donnaient sommeil et bientôt elle s'endormirait à nouveau.

"Margaret, as-tu vu un bouton de manchette égaré ?"

Elle relevait la tête : "Pas ces derniers temps", répondait-elle tandis qu'il fouillait dans le tiroir du haut sans le fermer complètement. Puis il ouvrait le tiroir du milieu en le laissant partiellement ouvert. Enfin, le tiroir du bas s'ouvrait complètement. L'armoire ressemblait à un escalier, mais c'était un danger car elle pouvait facilement basculer à tout moment. Elle imaginait Tommy passant à côté de l'armoire et la commode entière atterrissant sur lui. La terreur de ce qui pourrait arriver la déchire au plus profond d'elle-même. Si elle devait le sortir de là...

en aurait-elle la force ? Et si... Elle sauta du lit et referma chaque tiroir.

"J'allais le faire", dit Michael en claquant la porte derrière lui en sortant.

Comme elle était déjà debout, elle se pressait contre le dos de la porte fermée jusqu'à ce que, d'en bas, Tommy appelle : "Maman, je ne trouve pas mon déjeuner !".

"Il est dans ta boîte à lunch, sur la deuxième étagère, à droite du réfrigérateur".

"Non, ce n'est pas le cas", a-t-il répondu.

"J'arrive", dit-elle en saisissant la poignée de la porte, mais avant qu'elle n'ait eu le temps de l'ouvrir, il s'est écrié : "Oh, je le vois maintenant !". Merci, maman."

Retournant dans sa chambre, marmonna tu es le bienvenu, alors que l'interstice noir sous le lit lui faisait signe. Elle pourrait s'y glisser sans rien pour lui tenir compagnie, à l'exception des lapins de poussière. C'est là qu'elle créerait son propre superpouvoir - un bouclier protecteur d'obscurité qui repousserait les voix fortes et en colère.

Les voix qui se rapprochaient ont pris la décision pour elle et elle s'est précipitée dans l'espace sombre. Dans cet environnement douillet, sa respiration et les battements de son cœur ralentissent. Elle a fermé les yeux, s'est aplatie, puis, tendant la main vers le haut, elle a tiré la couette jusqu'au sol et l'a fait glisser sous et sur tout son corps, comme si elle avait construit un fort.

Michael est revenu dans leur chambre. "Chérie ?" dit-il.

Tommy s'est arrêté à la porte, "Peut-être qu'elle est dans la salle de bain ?"

Michael vérifie, puis jette un coup d'œil au lit.

"Elle n'est pas encore en dessous, n'est-ce pas ?" Tommy chuchote.

"Voyons voir", entendit-elle Michael répondre.

Les deux se sont abaissés au sol et ont jeté un coup d'œil dans l'obscurité. Ils ont vu un peu de mouvement sous la couverture. Michael a regardé son fils, puis a posé son doigt sur ses lèvres. Celui-ci acquiesça, heureux de laisser son père parler en premier.

"Chéri, dit Michael d'une voix apaisante, ça te dérangerait d'emmener mon pantalon et mes chemises au pressing ?" Il a ouvert la bouche puis l'a refermée.

La pauvre Margaret n'arrivait pas à croire qu'il lui donnait une liste de choses à faire et qu'il lui parlait comme si elle se cachait sous le lit tous les jours de sa vie. Cela l'agaçait au plus haut point.

N'ayant pas compris l'allusion, il continua : "Oh, et j'ai oublié de te demander ce week-end, euh, si j'étais d'accord pour inviter quelques amis à la maison. Ce soir. Pour une petite fête. Une fête de huit personnes, nous compris. Désolé d'avoir été si peu prévenu, encore une fois. Je voulais te demander pendant le week-end."

Tommy fit un geste pour rejoindre sa mère dans son cocon solitaire. Au lieu de cela, elle se dirigea vers la sortie en limbo. Elle s'est redressée et s'est époussetée. Ils la dévisageaient, mais ne disaient rien. "Vous deux, descendez, maintenant", dit-elle en tenant toujours la couette chaude.

Michael jeta un coup d'œil à sa montre.

"Je vais bien, parfaitement bien. J'arrive dans une minute, s'il vous plaît." Elle a remis la couette sur le lit.

"D'accord", répondirent-ils en s'en allant.

Lorsqu'ils furent partis, elle passa la main de l'autre côté du lit. Elle a éteint la couverture électrique du côté de son mari. En enfilant sa robe de chambre et ses pantoufles, elle s'imagina qu'elle avait oublié d'éteindre sa couverture. La maison brûlerait-elle ? Probablement. Et ce serait sa faute. Tout était toujours de sa faute.

Elle referma son peignoir, puis se coiffa dans le miroir. Elle devait parler à Michael du dîner. Huit personnes. Ce soir. Au moins, ce n'était pas aussi grave que la dernière fois où ils étaient douze, ou la fois d'avant où ils étaient dix-huit. Pourtant, elle lui avait demandé si souvent, à d'autres occasions comme celle-ci, de la prévenir plus tôt. La dernière fois qu'elle avait tout terminé - enfin, presque tout - elle n'avait pas eu le temps de se vernir les ongles. Michael l'a fait remarquer maladroitement devant les invités et même leur fils a eu assez d'intelligence émotionnelle pour changer de sujet avant qu'elle n'éclate en sanglots.

Dans le couloir, ses pantoufles de lapin faisaient des étincelles en marchant, lui donnant des chocs alors qu'elle ramassait des chaussettes, des sous-vêtements et un bouton de manchette au passage. Des morceaux laissés pour elle comme une piste qui la mènerait en bas, là où ils l'attendaient.

En bas maintenant, elle se tenait dans le couloir menant au salon. En entrant, elle a vu et entendu son mari croquer des toasts tout en tenant une tasse de thé le petit doigt en l'air. À côté de lui, il y avait Tommy, qui engloutissait des Rice Crisps et manquait sa bouche.

Des gouttes de lait et des débris de céréales s'accumulaient entre ses pieds, faisant des bruits de pitter-patter en frappant la moquette.

Elle note mentalement de jeter le tapis dans le sèche-linge après leur départ, soulagée que le tissu sur le sol absorbe le liquide plutôt que de tacher ce qu'elle croit être la dernière chemise d'école propre de son fils. Elle ajouta une seconde note mentale pour lui commander de nouvelles chemises - il grandissait si vite qu'il était difficile de suivre ses poussées de croissance.

Bonjour", dit Margaret au moment où Fred Flintstone crie : "Wilma !".

Les membres de sa famille reconnaissent sa présence en jetant un coup d'œil dans sa direction, puis ils éclatent de rire tous ensemble tandis que Barney et Fred poursuivent leurs pitreries habituelles. Au moins, ils s'entendaient bien. Les Pierrafeu étaient une chose sur laquelle ils étaient tous les deux d'accord.

Après une pause publicitaire, elle dit : "À propos de ce dîner, Michael." Il a baissé le volume de l'appareil. Tommy a protesté, puis a fini de manger ses céréales.

"Désolé encore une fois pour ça", a dit son mari. "J'étais en train de parler à mon patron pendant le week-end au golf. Je ne sais pas trop comment il s'est retrouvé ici, mais l'instant d'après, j'accueillais ce fichu événement. Il n'est pas nécessaire que ce soit un dîner à la cravate noire ou quoi que ce soit d'autre. Trois plats, plus le dessert, ça devrait suffire."

"Qui sont nos invités ? Quel genre de nourriture aiment-ils ? Des allergies ? Des végétariens ?" Elle fait une pause. "Pourquoi ne pas mettre le feu au grill ?"

"Nan, l'idée du gril est géniale pour une réunion de week-end, mais là, c'est motivé par les affaires."

Elle soupire.

Il continue : "Mon patron et sa femme, Jim et Dave du marketing, Lucy et son mari William du service juridique. Je crois que Lucy est végétarienne ou végétalienne. Lance, de la finance, et sa femme - je ne l'ai jamais rencontrée auparavant. Il est nouveau dans notre équipe." Il jette un coup d'œil à sa montre et sursaute.

Margaret a attrapé sa manche. Elle inséra le bouton de manchette manquant, puis se cala directement devant son mari dans l'espoir de recevoir un baiser.

Michael hésita une seconde avant de donner à Margaret ce que certains pourraient qualifier de baiser - ce n'était pas le cas. C'était plutôt un baiser - administré à la volée - alors qu'il passait en coup de vent. Les lèvres du couple se sont à peine touchées.

Avant que Margaret ne puisse prononcer un mot, Mark a claqué la porte derrière lui.

Elle s'est à nouveau entourée de ses bras. Pendant une seconde ou deux, on a cru que Tommy allait la serrer dans ses bras. Elle lui a ouvert les bras, et lui, en retour, a tendu son bras dans sa direction, paume ouverte vers le haut. Elle croise les bras, tandis qu'il se lance directement dans l'exercice de l'argumentaire de vente 101.

"Tu vois maman, aujourd'hui c'est le jour du burger - deux pour le prix d'un - et j'ai besoin d'argent. L'argent est destiné à une œuvre de charité et j'ai déjà dépensé tout mon argent de poche cette semaine."

"Et le déjeuner que j'ai préparé ?"

"Pas de problème, je le mangerai à la récréation".

Margaret lui a tapoté la tête puis est allée dans la cuisine où son sac à main était accroché au crochet. En passant la main à l'intérieur, elle jeta un coup d'œil à l'état de sa cuisine. Quel désordre ! Et elle devait tout mettre en ordre pour un dîner ce soir. Pas de problème !

Elle n'avait qu'un billet de dix dollars, qu'elle déposa dans sa main toujours en attente. "Apportez-moi de la monnaie", dit-elle alors qu'il quittait la maison en claquant fermement la porte.

De retour dans le salon, les Pierrafeu terminent avec "You'll have a gay old time !". Margaret fredonne tout en jetant le tapis par-dessus son épaule, en ramassant la tasse et la soucoupe sales, le verre et le bol.

Dans la cuisine, elle mit le tapis dans la machine à laver, la vaisselle dans le lave-vaisselle, puis elle se servit une tasse de thé dans la théière tiède. Elle retourne dans le salon, qui est moins en désordre. Elle zappe sur les chaînes et tombe sur Judge Judy. Elle ne pouvait s'empêcher d'admirer cette femme qui contrôlait totalement tout et tout le monde dans sa salle d'audience.

Ses amis lui ont dit qu'elle devrait se lever avant sa famille, cela minimiserait le chaos et le désordre. Elle serait alors à la tête de la situation. D'autres disaient qu'elle devrait trouver un travail et quitter la maison avant eux, pour qu'ils aient à apprendre à se débrouiller seuls. Mais elle était si fatiguée, si peu elle-même ces jours-ci, sans compter qu'elle n'avait pas travaillé depuis la naissance de son fils. Qui l'embaucherait maintenant ?

Margaret était de plus en plus insatisfaite de son sort, car elle sacrifiait sa vie aux besoins de ceux qu'elle aimait. Elle en voulait à ceux qui donnaient toujours, même si c'était son choix de le faire. Puis elle montait dans le train de la culpabilité et de l'apitoiement. Est-ce que toutes les mères vivent la même chose ? Ce vide ? Cette poussée et cette traction à l'intérieur d'elle-même, créant un vide. Ce vide intérieur, qu'elle laissait se déplacer comme un orage d'été et pleuvoir sur tout dans sa vie. Elle était un ouragan qui attendait de se produire et aujourd'hui était le jour qu'elle redoutait.

Elle se doucha et s'habilla, sans s'arrêter pour prendre son petit déjeuner, mais en prenant le temps de jeter le tapis dans le sèche-linge, et avec un fervent désir de sortir. Loin. N'importe où, loin.

Margaret a pointé sa voiture en direction du centre commercial et a conduit. Elle s'est garée. Sur le chemin de l'intérieur, un jeune homme dirigeait des chariots. Avec l'aide du vent, plusieurs étaient destinés à une fuite imminente. Elle a envisagé de dire quelque chose pour alléger le fardeau de l'homme, mais au lieu de cela, elle lui a souri. Sous son souffle, il l'a traitée de salope.

La ménagère l'a ignoré et s'est précipitée à l'intérieur. Elle ne put s'empêcher de se demander pourquoi son geste empathique n'avait obtenu que des abus. Peu importe, se dit-elle, en reportant son attention sur le problème qui l'occupe : les préparatifs du dîner. Mais chaque chose en son temps : que va-t-elle porter ? Devrait-elle s'offrir une nouvelle tenue ? Le shopping l'avait déjà aidée à se remonter le moral par le passé. Peut-être que ce serait le cas aujourd'hui ?

Margaret se dirigea vers le couloir de la mode et trouva dans une vitrine un mannequin portant un costume chic qui lui plut. Elle s'est aventurée à l'intérieur, où des miroirs partout l'ont agressée. Elle a reculé.

Sur l'escalator, elle a remarqué un salon de coiffure et de manucure. Elle a jeté un coup d'œil à ses ongles. Elle préférait les faire elle-même à la maison une fois qu'elle savait ce qu'elle porterait - elle prendrait le temps. Mais pour ses cheveux, c'était une autre affaire.

Elle se tenait à l'extérieur du salon, observant les stylistes qui se déplaçaient et s'occupaient. La journée semblait calme dans le salon, puisqu'une seule chaise était occupée. Elle envisagea d'entrer, de parler à quelqu'un, mais décida de ne pas le faire en jetant un coup d'œil à son téléphone. Le temps passe et elle a déjà beaucoup trop de choses à faire.

Un néon clignotant a attiré son attention. On pouvait y lire :

Voyage vers la destination de tes rêves. Vente aujourd'hui seulement !

Ce n'est plus Margaret, c'est Margarita à Cuba. Elle s'imagine à Cuba en train d'interpréter la rhumba. Puis elle s'est retrouvée en Australie, en train de danser dans l'Outback. Pas question ! C'était bien trop loin.

Un jeune homme d'environ la moitié de son âge la remarque. "Je suis à vous dans un instant", lui dit-il. Il est retourné à sa conversation au téléphone.

Elle s'est aventurée à l'intérieur et s'est tenue maladroitement près de la réception. Elle écoute la voix calme du jeune homme.

Parfois, il reconnaissait sa présence par un sourire. Au bout de quelques instants, il s'est arrêté de parler et a posé sa main sur le téléphone.

"Servez-vous une tasse de café ou d'eau pendant que vous attendez. Je ne serai pas long. Oh et n'hésite pas à parcourir les brochures et les magazines. Je suis à vos côtés."

Margaret se versa une tasse de café fumante, puis ajouta de la crème et un morceau de sucre. Elle jeta un coup d'œil en direction du jeune homme au téléphone lorsqu'elle remarqua une boîte de biscuits. Comme si elle lui demandait sa permission.

Il a de nouveau posé sa main sur le combiné : "Oh, oui, servez-vous un biscuit ou deux. Vous êtes la bienvenue."

"Merci", murmure-t-elle en prenant un biscuit. C'était le paradis du chocolat.

Pendant qu'elle attendait, elle a feuilleté quelques magazines. Le premier parlait de la Suisse. Maggie se préparait à skier à Zermatt avec Sven, un grand, blond et beau moniteur de ski, qui l'aidait à chausser ses skis. Ils ont fini de skier et il lui offre une tasse de chocolat chaud. Elle s'est pâmée et a tendu la main, puis l'a repoussé d'un clignement d'œil.

Elle a pris une autre brochure pour Hawaï, s'imaginant sur la plage de Waikiki, en train de faire du hula-ing avec George Clooney. Puis elle a baissé les yeux, s'est rendu compte qu'elle portait un bikini et a crié.

Margaret est revenue à la réalité en jetant un coup d'œil en direction du jeune homme qui était toujours au téléphone. Il n'avait pas remarqué sa crise. Ouf. Elle prend une nouvelle bouchée du biscuit au chocolat. Il était hors de question de porter un bikini ou tout autre type de maillot de bain.

Sur le mur, elle aperçoit une affiche annonçant un voyage en Grande-Bretagne. Les Beefeaters. Portant ces grands chapeaux bizarres. Maintenant, elle était Cathy, à la recherche de Heathcliff dans les landes du Yorkshire. C'était une journée très froide et venteuse, mais ils marchaient et profitaient de l'air frais....

"Puis-je vous aider ?" demanda le jeune homme.

Heathcliff disparaît. "Euh, je rêvais", répondit Margaret, les joues rougies.

Le jeune homme cliqua sur son clavier en regardant l'écran. Il tourna l'ordinateur vers elle. "Voici les offres de dernière minute d'aujourd'hui, pour un jour seulement. Elles viennent d'arriver !"

Intriguée, elle s'est rapprochée.

"Si l'Angleterre t'intéresse, tu ne trouveras plus jamais un tel prix".

"J'ai toujours voulu visiter le Royaume-Uni."

"Ce prix, dit le jeune homme, comprend une voiture de location, et une combinaison d'hôtels et de chambres d'hôtes. Tu pourrais voyager, puis choisir où tu veux t'arrêter et rester."

"Je ne sais pas s'il faut conduire là-bas, ils ne conduisent pas de l'autre côté ?".

"C'est vrai, mais tu comprendras vite."

***

Margaret est rentrée chez elle et a passé une commande à emporter. Elle a choisi une variété de plats dans le menu pour répondre à tous les besoins. Elle a mis le chardonnay, le rosé et la bière dans le réfrigérateur. Les quatre bouteilles de rouge, elle les a placées dans le casier à vin.

Elle a noué un tablier autour de sa taille, puis s'est attelée à passer l'aspirateur et à dépoussiérer. Elle a repositionné le tapis propre dans le salon. Lorsque tout fut parfait, elle dressa la table en prévoyant des places pour sept personnes. Michael ne voulait pas risquer que Tommy fasse une scène. Pas devant son patron et ses collègues de travail. Elle a préparé un plateau et l'a installé sur le comptoir pour qu'il puisse l'emporter dans sa chambre.

Margaret est allée dans sa chambre et a préparé une valise et un bagage à main. Elle a commandé un Uber pour qu'il la dépose à l'aéroport.

Trois heures plus tard, elle est montée à bord d'un avion et s'est rapidement envolée vers le Royaume-Uni.

Alors qu'elle regardait par le hublot, pendant une fraction de seconde, un élan de culpabilité l'a envahie. Elle l'a combattue.

Elle avait laissé un mot sur le réfrigérateur indiquant qu'elle partait.

Margaret avait omis de préciser où elle allait et quand elle reviendrait.

Elle n'avait pas non plus précisé qu'elle avait acheté un billet aller simple. Ils se débrouilleraient.

LE PARAPLUIE ET LE VENT

C'ÉTAIT LE VENDREDI 13 et le vent soufflait fort. Les choses qui n'étaient pas censées voler rebondissaient et ricochaient. À travers et au-dessus. Des sauts périlleux tout autour de moi.

Par une telle journée, certains retraités seraient peut-être restés au lit, mais pas moi. Pour cette raison, et cette raison seulement, j'avais besoin d'une bonne tasse de café.

Par conséquent, j'ai joué au dodgem, à l'esquive et au plongeon pour sortir de la maison et monter dans ma voiture. Puis je me suis dirigée vers le drive-in le plus proche. Je n'étais pas la seule assez courageuse pour m'aventurer dans l'inconnu afin de soigner mon addiction à la caféine.

La file d'attente avançait, à pas comptés. J'ai passé ma commande pour un café au lait à la vanille extra fort, puis j'ai rampé vers la fenêtre pour payer. J'ai cherché mon portefeuille et j'ai découvert que je l'avais laissé à la maison.

La dame au guichet a tendu la main et l'a ramenée pour éviter une petite branche qui est entrée en contact avec ma fenêtre et a rebondi dans la sienne.

"De la monnaie", ai-je dit, alors que la femme tendait à nouveau la main. J'étais encore en train de fouiller dans la boîte à gants et dans les fentes des gobelets. Après avoir compté, j'avais soixante-dix-huit cents. Sous mon siège se trouvait un autre dollar. J'ai continué à chercher, tandis que les voitures derrière moi attendaient et que le type directement derrière moi klaxonnait, les autres suivant.

"Ça fera l'affaire", a dit la femme en prenant les pièces et en me tendant le café.

J'ai fait mon plus grand sourire et j'ai dit "Merci", j'ai fermé la fenêtre et je me suis éloignée, toujours aussi reconnaissante. Le café sentait le paradis, mais je me suis retenue de prendre une gorgée jusqu'au premier feu rouge.

Alors que j'attendais, sirotant, savourant, un parapluie non humecté a fissuré mon pare-brise avec son manche en bois avant de rebondir et de s'immobiliser sur une branche d'arbre voisine.

Je ne me suis même pas rendu compte que la java me brûlait jusqu'à ce que le feu change. Je me suis arrêté en toute sécurité et je suis sorti du véhicule. Rien de tel que du café chaud qui coule le long de ta jambe jusque dans tes chaussettes et tes chaussures. J'ai secoué ma jambe, comme un chien qui vient de prendre un bain.

Je l'ai vu venir, mais il était trop tard.

Ce maudit parapluie. Encore une fois.

***

Je me suis réveillé, toujours dans le parking, le manche du parapluie en bois enroulé autour de mon cou. J'étais tombée de plein fouet mais j'avais réussi à m'agripper à la portière de la voiture en tombant, ce qui était une bonne chose dans un sens et une mauvaise dans l'autre puisque cela cachait ma situation difficile.

Le béton en dessous de moi était froid et spongieux. J'ai essayé de me lever et le vent a attrapé le parapluie, qui a continué son chemin comme une mauvaise herbe.

Je n'étais pas encore debout mais je me suis lancée vers le haut en poussant mon poids contre la portière de la voiture. Le clic soudain de la serrure de la portière n'augurait rien de bon pour moi — j'avais laissé les clés sur le contact. J'ai tâtonné pour trouver mon téléphone, réalisant rapidement qu'il était chez moi avec mon sac à main.

Je me suis appuyée contre la voiture, les bras croisés, dans l'espoir d'attirer un bon samaritain.

Au loin, j'ai aperçu le parapluie qui se frayait un chemin ailleurs. Oups ! Un véhicule arrivant en sens inverse et essayant d'éviter le derviche tourneur a percuté l'arrière d'une autre voiture.

Quelqu'un allait appeler la police. Je leur ferais signe de venir m'aider aussi. Tout va bien.

En peu de temps, ce maudit parapluie est reparti, fonçant à toute vitesse dans ma direction. Est-ce que je suis un aimant à parapluie ? Cette fois, il s'est envolé très haut et a tourné sur lui-même. Au loin, c'était un objet de toute beauté. Il s'ouvrait sur le ciel dans toute sa noirceur. C'était hypnotisant, tellement il montait haut, et tu connais le vieil adage, "ce qui monte", eh bien, il s'avérait vrai car cette satanée chose plongeait vers le sol avec le potentiel de m'assommer pour de bon. Comme le veut la devise des scouts, j'étais préparé et au lieu d'attendre qu'il se connecte à ma tête, j'ai tendu la main et je l'ai attrapé par la poignée.

Je me suis accroché pour la vie, en espérant ne pas devenir Mary Poppins moi-même. Mes pieds ont quitté le sol, mais seulement pendant une seconde ou deux avant que je n'entende des sirènes et des chaussures claquer sur le trottoir.

Une jeune femme a refermé sa main sur la mienne, sur la poignée. Nous nous sommes stabilisées, tandis que d'autres pas marchaient dans les rues et que sa propriétaire cliquait sur le bouton et fermait l'auvent pliable.

***

Après cette étrange matinée, je suis rentrée chez moi et j'ai mis mes pieds en l'air, refusant de bouger jusqu'à ce que le vent se calme. J'ai respecté ce plan jusqu'à ce que mon fils me demande d'aller le chercher un peu après 19 h 30 chez son ami, à l'autre bout de la ville. Les parents devaient le ramener à la maison, mais ils étaient des conducteurs nerveux, d'où ma convocation.

La fissure en forme d'œil de bœuf sur mon pare-brise me rappelait constamment comment ma journée s'était déroulée jusqu'à présent. J'attendais toujours la réponse de ma compagnie d'assurance au sujet de la franchise. Ils enquêtaient sur l'hypothèse d'un "acte de Dieu".

J'ai contacté la police qui m'a dit qu'elle vérifierait l'existence du parapluie mais pas son lien avec mon pare-brise. Quand ils m'ont vu, je m'y accrochais.

Je me suis sentie extrêmement fâchée contre la personne qui n'avait pas réussi à tenir son parapluie, et j'ai eu l'intention d'écrire au conseil municipal pour demander une licence de parapluie. Je pourrais alors leur faire payer ma franchise ou, mieux encore, les poursuivre en justice.

Je démarrai la voiture et sortis de l'allée en marche arrière, conscient des objets volants, lorsqu'une bouteille verte attira mon attention. Elle tournait et tournait en rond, comme des personnes imaginaires jouant à un jeu de Spin the Bottle. Elle ne quittait pas le sol la plupart du temps et ressemblait à un vaisseau spatial vert oblong lorsqu'elle décollait, s'élevait de plus en plus haut, puis s'écrasait, tournait et s'élevait à nouveau. J'ai continué, par coïncidence dans la même direction que la bouteille.

Lorsque j'ai vu un homme et une femme marcher l'un vers l'autre pendant que la bouteille faisait de périlleux sauts périlleux, j'ai ouvert ma fenêtre et je les ai interpellés. Comme ils ne réagissaient pas, j'ai klaxonné. La bouteille, maintenant en hauteur, a commencé à tomber en chute libre vers eux.

La bouteille est retombée, heurtant de plein fouet la tête de la femme. Le récipient vert a ensuite ricoché et s'est connecté à la tête de l'homme. L'objet vert indifférent s'est élevé et a chuté plusieurs fois avant de s'arrêter contre le tronc d'un arbre.

J'ai mis mes clignotants et j'ai coupé le moteur avant de sortir de la sécurité de ma voiture et de me lancer à nouveau dans le vent dangereux.

L'homme et la femme étaient tous deux conscients, mais ils ne bougeaient pas et n'essayaient pas de se lever. J'ai pris le pouls de la femme, puis celui de l'homme et j'ai évalué la situation, me souvenant de ma formation aux premiers secours d'il y a des années. J'ai composé le 911. Le répartiteur a posé quelques questions, mais les craquements derrière nous ont fait s'asseoir les gens

Nous avons regardé le vent continuer à rugir, envoyant la bouteille voler. Le majestueux saule pleureur s'est penché pour la récupérer, mais trop tard. Le vent a cassé son torse épais en deux et lorsque l'arbre a heurté le sol, les réverbérations ont fait trembler la terre sous nos pieds.

"Allez !" J'ai crié.

Le vent nous talonnant, nous nous sommes élancés.

***

Une fois que nous avons atteint le sanctuaire de ma voiture et que nous avons bouclé notre ceinture, j'ai mis le pied sur le frein. La bouteille n'étant plus en vue, nous avons continué à rouler pour aller chercher mon fils.

Après avoir repris notre souffle, nous nous sommes présentés.

Brent Welch était un grand et très bel homme, aux cheveux noirs et aux yeux bleus. Il avait une fossette au menton, comme Cary Grant. Il était associé dans un cabinet d'avocats local, parlait très bien, avait de belles manières et était célibataire.

Eileen Manny, également célibataire, avait de longs cheveux blonds et portait trop de maquillage. Elle était une représentante en cosmétiques réservée et à la voix douce, donc son "visage était sa palette".

Je me suis présentée. "Je m'appelle Alice Mitchell. Je suis veuve depuis peu et professeur de lycée à la retraite."

Maintenant que nous faisions connaissance, elles m'ont remerciée de les avoir secourues. Puis ils ont posé des questions sur la fissure dans le pare-brise juste au moment où Jasper est monté dans le véhicule et a bouclé sa ceinture.

Après les présentations, j'ai continué à raconter l'histoire du parapluie. Mes passagers ont éclaté de rire.

"Qu'y a-t-il de si drôle ?" demandai-je.

"Ça n'aurait pu arriver à personne d'autre", a répondu Jasper.

Nous avons pris le chemin de la maison, en déposant Mark et Eileen en cours de route.

Lorsque nous sommes enfin arrivés, j'ai réalisé qu'il restait encore deux heures à ce vendredi 13 plus que mouvementé. J'ai grimpé dans mon lit, tiré les couvertures sur ma tête et essayé de dormir.

Je n'avais aucune idée de ce qui m'attendait encore.

***

Le lendemain matin, samedi 14, j'ai mis quelques minutes à me réveiller. C'était comme si la sonnette retentissait dans mon rêve jusqu'à ce que mon fils Jasper frappe à la porte de ma chambre.

"Maman c'est pour toi — les flics".

J'ai rejeté les couvertures, tiré ma chemise de nuit par-dessus ma tête, l'ai remplacée par un jogging et me suis brossé les cheveux aux doigts avant de sortir.

Mon fils, qui a peu d'étiquette sur ces choses-là même s'il a été élevé avec d'excellentes manières, avait laissé les officiers debout sur le porche d'entrée.

Alors que je passais la tête dehors, à moitié dedans et à moitié dehors, le vent s'est levé et a failli m'arracher la porte des mains.

L'apparence des officiers était ébouriffée, ce que l'on appelait autrefois "balayé par le vent et intéressant". La paire d'officiers costauds était assez belle pour travailler au noir comme strip-teaseuse du Thunder from Down Under. Je les ai invités à entrer.

"Non merci, madame", a dit le type aux cheveux blonds qui, lorsqu'il a enlevé son chapeau, ressemblait à l'autre type, celui qui n'était pas "Ponch" du C.H.I.P.S..

Jon", ai-je dit à voix haute sans le vouloir (le nom du blond de C.H.I.P.S. venait de me venir à l'esprit).

"Je m'appelle Marshall", a dit le blond. "Mon partenaire est l'officier Ramsey".

"Enchanté de vous rencontrer. Et que puis-je faire pour vous ?"

Le blond a dit : "Nous avons reçu un rapport d'un appel 911 abandonné de votre part hier, peux-tu expliquer ce qui s'est passé ?"

"J'ai observé un homme et une femme qui marchaient l'un vers l'autre en attendant qu'un feu rouge change. J'ai remarqué la bouteille."

"En plein vol ?" demande Ramsey.

J'ai hoché la tête. "Oui, la bouteille s'est élevée puis est redescendue. J'ai essayé d'attirer leur attention, mais avant que je m'en rende compte, la bouteille a d'abord frappé la femme, puis l'homme. Les deux sont tombés sur le trottoir, durement."

"Dans quel état étaient-ils quand tu les as rejoints et combien de temps as-tu mis pour y arriver ?" demande Jon, je veux dire Marshall.

"Je me suis garé en quelques secondes et je me suis immédiatement rendu à leur côté".

Ramsey était le responsable des notes, il notait tout ce que je disais.

Marshall avait son téléphone pointé sur moi, il enregistrait tout ce que je disais.

J'ai deviné que c'était bon, même si je ne me suis pas posé de questions sur le moment.

"Ils étaient conscients, ils respiraient et leur pouls était fort. Après avoir confirmé cela, j'ai appelé le 911."

"Que s'est-il passé ensuite ?"

"Un énorme arbre s'est effondré et nous avons couru jusqu'à ma voiture".

"Est-ce que l'un d'eux a demandé à voir un médecin ou à aller aux urgences ?"

"Non, ils étaient bien réveillés. Nous étions en train de rire et de parler. Leurs maisons se trouvaient sur le chemin du retour, nous les avons déposés et cela n'a posé aucun problème."

Nous sommes restés silencieux.

***

"De quoi s'agit-il ?" J'ai demandé, sentant le vent couper mon survêtement.

"As-tu déjà rencontré l'un ou l'autre d'entre eux ?" Marshall a demandé. "Après tout, leurs maisons ne sont pas très éloignées de la tienne".

"Non." Je suis restée silencieuse, essayant de comprendre où ils voulaient en venir avec leurs questions. Qu'est-ce que cela pouvait bien faire que j'aie déjà vu l'un ou l'autre d'entre eux ? À l'intérieur, mon fils a allumé la télévision et le son a explosé. J'ai fermé la porte derrière moi et je suis sortie.

"Quel genre de bouteille était-ce ?" demande Ramsey.

"C'était une bouteille verte".

Les deux officiers ont échangé un regard.

"C'est vrai que vous avez eu un autre incident hier avec un parapluie ?" Marshall demande.

"Oui, c'était un terrible vendredi 13".

"Le fait est que", dit Ramsey, "Welch et Manny sont morts. "Welch et Manny sont morts."

***

Je me suis réveillée après m'être évanouie avec trois visages inquiets qui me regardaient. Deux d'entre eux appartenaient aux agents Ramsey et Marshall. Dans leurs mains, ils tenaient des exemplaires du Reader's Digest qu'ils agitaient devant moi comme des fans. L'autre appartenait à Jasper, qui tenait un verre d'eau dont il étalait par intermittence des gouttelettes sur mon front.

"Ça va, maman ?"

Je n'en étais pas certaine à cent pour cent. J'ai tout de même essayé de m'asseoir pour éviter les assauts du Reader's Digest et de l'eau.

"Tu as eu un petit choc", a dit Ramsey, juste au moment où deux ambulanciers se sont dirigés vers moi. L'un d'eux a vérifié mon pouls, l'autre a enclenché la bande de tension artérielle et a commencé à pomper. Les deux ont dit : "Tout va bien".

J'ai tenté de les raccompagner jusqu'à la porte, mais ils ont dit que ce n'était pas nécessaire.

Ramsey s'est assis en face de moi.

Les papillons dans mon estomac s'agitaient dans tous les sens et je me sentais encore un peu délicate alors que des questions sur des bouteilles volantes tuant des gens flottaient dans ma tête.

Je pensais n'avoir que cette dernière pensée jusqu'à ce que Ramsey réponde : " Nous ne connaissons pas encore la cause du décès. Le médecin légiste est en train d'examiner les corps."

"Nous avons remarqué que vous aviez une grosse fissure dans votre pare-brise", dit Marshall. "Est-ce que l'un d'entre eux est tombé dessus ?"

"Non, elle a été causée par le parapluie".

"Je pense que nous avons assez d'informations", disent les officiers.

Jasper leur a montré la sortie.

Je suis allée dans la cuisine, je me suis préparé une tasse de thé fort et j'ai ouvert un paquet de biscuits au chocolat. Dehors, j'entendais le vent qui faisait tourner les feuilles dans tous les sens. J'ai ouvert la porte arrière et j'ai demandé à Mère Nature de cesser et de s'arrêter.

Comme prévu, elle a ignoré ma demande.

***

Le dimanche a été une journée tranquille. Je me suis tenue à l'écart et Jasper m'a traitée comme si c'était la fête des mères en me donnant le petit déjeuner, le déjeuner et le dîner au lit. Encore sous le choc, j'ai accepté avec joie le rôle de l'invalide pour un jour et un jour seulement.

Lundi matin, à la première heure, je me suis rendue à l'atelier de remplacement des vitres. Tout ce que j'avais à faire, c'était de payer la franchise et ils allaient réparer sur place.

Mon téléphone a sonné, et c'était l'officier Ramsey. Il m'a demandé de venir au poste, "et d'apporter votre voiture".

Je lui ai expliqué où j'étais et pourquoi. Il m'a dit que ma voiture faisait l'objet d'une enquête. Il m'a dit que je serais sans voiture pendant quelques jours.

Je lui ai dit que je serais là dès que possible et j'ai quitté les lieux.

Plus tard, j'attendais à un feu rouge quand j'ai remarqué un jeune couple qui marchait ensemble en se tenant la main. Dans son autre main se trouvait une tasse de café. Elle buvait dans une bouteille verte. Un instant, ils étaient heureux, l'instant d'après, elle a lâché sa main comme s'il s'agissait d'une patate chaude. À son tour, il a laissé tomber son café brûlant qui s'est répandu sur son pantalon et ses chaussures.

En un éclair de seconde, il a heurté le fond de sa bouteille et celle-ci s'est envolée dans les airs. Ceux d'entre nous qui attendaient aux feux l'ont vue s'élever. C'était comme une fusée, elle s'élevait tout droit vers le ciel.

Elle est retombée juste au moment où le jeune couple a levé les yeux.

Il a heurté la tête de la femme, a ricoché sur la caboche de l'homme et a roulé sur le trottoir jusqu'à la rue.

Je suis sorti de ma voiture en un clin d'œil et j'ai composé le 911 en chemin. D'autres m'ont suivi, sortant de leurs véhicules. Nous avons bloqué tout le carrefour.

La fille était inconsciente, et l'homme était bien réveillé.

"Une ambulance est en route", ai-je dit.

Nous avons entendu les sirènes. Nous avons vu les voitures de police.

"Que diable faites-vous ici ?" a demandé Ramsey.

"Oh là là", ai-je répondu.

***

J'ai expliqué la situation. Cette fois, il y avait beaucoup de témoins.

Après que l'ambulance a mis le couple à l'intérieur et est partie en hurlant, les officiers ont dit à tout le monde de dégager la zone, sauf moi. Ils avaient déjà parlé à la plupart des témoins.

"Vous m'arrêtez ?"

Ils ont échangé un regard.

"Avez-vous encore besoin de mettre mon véhicule en fourrière ?" Je frime, j'ai vu plein de spectacles de police.

"Vous pouvez rentrer chez vous", a dit Ramsey.

"Nous savons où vous habitez", dit Marshall avec un sourire en coin. "Mais ne quitte pas la ville, d'accord ?"

J'ai ri et j'ai continué mon chemin.

***

Il n'y a pas eu d'incident sur le chemin de la maison.

J'ai mis le poulet rôti au four, épluché les pommes de terre et coupé quelques légumes, tout en pensant aux bouteilles vertes en suspension dans l'air.

Je suis allée dans mon bureau et j'ai tapé "bouteilles volantes" dans un moteur de recherche. Il m'a renvoyé à un gars sur YouTube qui avait mis des bonbons à l'intérieur d'une bouteille, puis l'avait écrasée sur le sol. Il ne s'est rien passé. Intrigué, j'ai continué à regarder. La fois suivante où il l'a écrasée, la bouteille, après avoir touché le visage d'un caméraman, s'est envolée dans les airs comme une fusée.

Je suis ensuite tombé sur des expériences de Myth Busters qui ont confirmé qu'une bouteille pleine avait le potentiel de fendre un crâne. Au contraire, les bouteilles vides ne le pouvaient pas — ce mythe avait été véritablement brisé par les deux décès récents.

J'ai éteint l'ordinateur. Je ne voulais plus penser à tout cela.

Comme prévu, Jasper est entré. "Tout va bien maman ?"

Je lui ai raconté le dernier incident et les expériences sur YouTube.

"Tu plaisantes, n'est-ce pas ?"

J'ai secoué la tête et je suis allée dans la cuisine pour remuer les pommes de terre.

"Pour couronner le tout, les officiers appelés sur les lieux étaient Ramsey et Marshall. Ils doivent penser que je suis une sorte de porte-malheur."

"C'est une petite ville maman, nous sommes tous dans les affaires des autres. Est-ce que quelqu'un a enregistré l'incident sur son téléphone ?"

De la bouche des enfants. Si c'était le cas, il aurait pu être chargé en ligne. "Comment puis-je le trouver ? Quels mots clés devons-nous utiliser ?"

Nous sommes retournés dans mon bureau et bien sûr, c'était là.

"Il faut que tu le dises aux officiers".

L'officier Ramsey a répondu tout de suite. Jasper lui a envoyé le lien direct pendant que je le renseignais sur les détails.

Les pommes de terre étaient presque terminées, alors j'ai versé l'eau et ajouté un peu de sel et de poivre.

Jasper et moi nous sommes assis pour dîner avec le son de la télévision en arrière-plan. Il y avait une mise à jour sur le couple frappé par la bouteille. Nous avons posé nos couverts et nous nous sommes rapprochés. Le présentateur a dit que l'état de la fille était critique, mais heureusement, celui du garçon était stable.

Nous n'avions plus faim.

***

Je n'ai pas beaucoup dormi, je n'arrêtais pas de me retourner.

J'ai fini par céder et je me suis fait une tasse de thé.

Je suis restée debout, la tenant, regardant par la fenêtre le vent qui soufflait toujours et faisait tourbillonner les choses. J'ai frissonné.

Dans ma vie, les bonnes et les mauvaises choses arrivaient toujours par trois.

Je suis allée dans mon bureau et j'ai cliqué sur des informations concernant les événements surnaturels, y compris les pressentiments. Tous les signes étaient là. L'univers essayait de me dire quelque chose.

Mais qu'est-ce que c'est ?

Les signes suggéraient qu'il pouvait s'agir d'un esprit en colère, de quelqu'un qui avait été assassiné ou tué avant l'heure. Quelqu'un qui traîne dans les parages, en quête de vengeance. Je ne voyais aucun lien avec les victimes. Après tout, il s'agissait de parfaits inconnus.

J'ai commencé à taper furieusement. Faire des listes m'aidait toujours à comprendre les choses.

Dans la colonne numéro un, je me suis inscrite. Célibataire. Veuf. Retraité. Un fils. Mariée pendant trente-cinq ans. Le mari est mort d'un cancer du côlon. Stade 4. Mes deux parents sont décédés. J'étais fille unique. Notre famille avait toujours vécu dans la région. Notre généalogie remontait très loin dans cette région.

Dans la liste numéro deux, j'ai mis Brent Welch. Il avait trente-trois ans et était avocat. J'ai cherché sa nécrologie sur Google. Il était célibataire. Jamais marié. Il vivait seul. Sa lignée familiale remontait loin dans cette région aussi. Comment se fait-il que nous ne nous soyons jamais rencontrés ? Les membres de sa famille ont contribué à faire de notre communauté un endroit habitable à l'époque des pionniers. Sa mère et son père étaient tous deux décédés. Il était fils unique.

Nous avions quelques points communs. Cela m'a fait réagir.

Dans la colonne suivante, j'ai mis Eileen Manny. Elle avait trente-neuf ans. Elle avait une sœur jumelle nommée Esther qui vivait dans la région. Tant pis pour cette théorie. Elles avaient des racines locales, mais elles ne remontaient pas aussi loin que Brent et moi. Eileen était mariée, mais son mari était décédé. Les parents d'Eileen étaient tous deux vivants, mais ils avaient déménagé. La fille d'Eileen fréquentait la même école que Jasper. C'est étrange que nous ne nous soyons pas croisés auparavant.

Mes listes contenaient peu d'informations et n'étaient absolument d'aucune aide.

Somnolente, je suis retournée au lit où des listes d'informations inutiles tourbillonnaient dans ma tête.

***

Il pleuvait extrêmement fort, mais les nuages n'étaient pas à leur place habituelle. Au lieu de cela, ils se trouvaient en dessous de moi. Il pleuvait depuis le sol. Un autre signe du changement climatique et de la pollution urbaine ?

Je flottais à l'extérieur de moi-même, tandis que mes pieds restaient fermement plantés à l'intérieur de mes Tender Tootsies. Mes jambes étaient cachées sous une jupe fleurie multicolore, style années soixante. Le vent les exposait, tandis que la jupe se déroulait en accordéon, puis se remettait en place. À ma taille, il y avait une ceinture en cuir marron très épais. Elle était trop serrée et m'enserrait.

Étais-je morte ?

Je me suis pincée. Pas morte du tout.

Je portais un chemisier blanc avec un haut col à froufrous et un collier, des perles, noires, un chapelet. J'ai passé les perles froides entre mes doigts en essayant de brailler tout ça, mais je ne me souvenais plus de ce que je devais en faire.

Le vent m'a soulevée, m'a emportée. Il m'a fait avancer et reculer.

Mes longs cheveux serpentaient dans mon dos en une tresse serrée.

Je me tenais alors sur un morceau de terre, au-dessus des nuages. Il n'y avait pas énormément d'espace pour se déplacer sans craindre de tomber

"Maman ! Maman ! Réveille-toi ! Réveille-toi, s'il te plaît."

C'était Jasper. J'étais de retour.

J'ai hurlé quand une boule de feu verte a brûlé mes cheveux et fait fondre le chapelet. Elle a coulé sur ma poitrine et entre mes doigts.

***

Je me suis redressée et j'ai regardé mes doigts, m'attendant à voir des gouttes vertes s'infiltrer, mais ils étaient aussi propres qu'un sifflet. Ce n'était qu'un mauvais rêve.

Mon fils m'appelait encore. J'ai couru jusqu'au salon et j'ai ouvert et fermé les yeux plusieurs fois pour me rassurer sur ce que je voyais. Quel désordre !

Une chose verte s'était écrasée sur le toit de ma maison. En descendant vers sa dernière demeure (le sous-sol), elle avait tout écrasé et détruit sur son passage, tout en pulvérisant une substance vert fluo autour de ma maison, comme un chien marquant son territoire. La nuance de vert aurait pu être une belle touche, s'il n'y en avait pas eu autant et si elle n'avait pas été répandue de façon aléatoire.

"Qu'est-ce que c'est que ça ?"

"Tu n'as pas entendu ?" demande Jasper. "C'était comme un boom sonique."

Je me suis approché du trou. Je n'avais rien entendu. J'avais dormi, j'avais rêvé. Maintenant, je suis bien réveillé et sans voix. J'ai croisé les bras et j'ai regardé en bas. De la vapeur s'en échappait. J'ai tendu la paume de ma main et même si c'était un étage en dessous de nous, je sentais la chaleur monter. J'ai essayé de parler, mais il n'y avait pas de mots.

Jasper regardait, attendait que je dise quelque chose.

Ça ne ressemblait pas à grand-chose, encastré dans le sol de mon sous-sol. Elle n'était ni ronde, ni carrée, ni en forme d'œuf. Il avait plusieurs faces, était tridimensionnel, sphérique, presque euclidien, un dodécaèdre solide.

"On ne devrait pas appeler quelqu'un ?" Jasper demande en se penchant sur le bord à côté de moi.

"Je ne sais pas trop qui nous devrions appeler. Nous ne sommes pas blessés, c'est la maison qui l'est. Ce n'est pas un fantôme, donc l'équipe de chasseurs de fantômes ne nous aiderait pas. Je ne sais pas si Neil deGrasse Tyson ou l'un des magazines scientifiques font des visites à domicile."

Jasper rit. "J'aimerais bien que Stephen Hawking soit encore là."

"Je pense que c'est plutôt un truc à la Stephen King", ai-je dit.

Nous étions en état de choc mais nous tenions le coup avec humour.

"Il faut qu'on descende et qu'on regarde de plus près".

"Je ne sais pas, maman ; cette chose dégage de la chaleur. J'ai l'impression d'attraper une brûlure de soleil rien qu'en restant ici."

Il avait raison, mais je n'avais pas remarqué parce que les bouffées de chaleur à mon âge étaient la norme.

"Et la police ?" demande Jasper en sortant son téléphone et en prenant quelques photos.

"Je ne sais pas trop comment ils pourraient t'aider, mais au moins ils sont à distance de conduite". Je redoutais l'idée de parler aux agents Ramsey et Marshall.

"J'ai pris ça", me montre Jasper, "au moment où il a traversé le toit".

La photo de la chose en mouvement descendant la montrait en train de se plier et de se déplier juste avant qu'elle ne frappe.

"Elle est déformée, dit Jasper. "Il se déplaçait très vite."

J'ai composé le numéro du service de police et l'agent Ramsey était en congé, alors j'ai demandé l'agent Marshall. Après mes explications, il m'a demandé : "C'est une blague ?"

Ayant déjà envoyé une photo auparavant, je lui en ai envoyé une maintenant. Preuve. J'ai attendu.

L'agent Marshall a demandé si quelqu'un était blessé, et j'ai confirmé qu'il ne s'agissait que de la maison. J'ai expliqué notre intention de descendre pour voir de plus près. Il a suggéré que nous l'attendions pour vérifier ensemble.

Après avoir raccroché, Jasper et moi sommes allés dans la cuisine, et j'ai fait chauffer la bouilloire.

"De toutes les maisons du monde, pourquoi la nôtre ?" a-t-il demandé.

"Je pensais justement à la même chose, fiston". Je pensais aussi à la compagnie d'assurance et à ce qu'elle allait dire. D'abord le pare-brise cassé et maintenant une maison démolie. J'ai versé de l'eau dans le café instantané et nous nous sommes assis.

"Si elle était en jade, nous serions sacrément riches", dit Jasper.

"Oui, les Chinois appellent le jade la pierre précieuse du ciel".

Nous avons bu une gorgée et nous avons marché en regardant vers le bas, la chaleur qui s'en dégageait. La chaleur monte. Je me suis demandé si elle n'était pas assez chaude pour mettre le feu au reste de la maison. J'ai décidé d'appeler les pompiers.

***

Peu de temps après, des invités inattendus ont commencé à sonner à notre porte. Ce n'était ni les officiers ni les pompiers. C'était nos voisins. Ils ont entendu l'accident, se sont rassemblés et sont venus enquêter (et voir si nous allions bien).

Ils sont entrés en poussant la porte, voyant que Jasper et moi allions bien.

"C'est sûr qu'il fait chaud ici", a dit Artois, de l'autre côté de la rue. Il avait la réputation de dire des choses évidentes.

"Qu'est-ce que c'est ?" demande sa femme en regardant dans le trou.

"Ta supposition est aussi bonne que la mienne", ai-je répondu.

"Les flics sont là", a dit Jasper, et il est allé les faire entrer.

"Rentrez chez vous", a exigé l'officier Marshall, mais personne n'a bougé.

Les pompiers sont arrivés avec des tuyaux d'arrosage prêts à l'emploi. Ils ont suivi la chaleur et ont aspergé l'objet par le haut. Au lieu de se refroidir, l'objet a sifflé et craché. De la vapeur s'échappe. Il faisait de plus en plus chaud, au point de faire fondre nos vêtements.

"Reculez ! Reculez !" demande l'officier Marshall. Les gars qui portaient les vêtements de protection ne pouvaient pas sentir la chaleur comme nous. En quelques secondes, ils ont cessé l'assaut de l'eau.

Juste à ce moment-là, le représentant de la compagnie d'assurance est arrivé, "Whoa !" a-t-il dit.

C'est la dernière chose que j'ai entendue.

***

Je me suis réveillé dans mon lit, les couvertures tirées jusqu'au cou, certain que je venais de faire un mauvais rêve dans lequel une chose verte plongeait à travers le plafond. Je suis sorti pour aller voir ce qui se passait.

Dans le salon, j'ai vu une pelle géante que l'on descendait dans le trou avec l'intention de soulever le cratère vert hors de ma maison. Cela semblait être un bon plan.

La bouche de la chose s'est ouverte, grande, plus grande, puis aussi grande que possible. Elle est passée sous la chose, les mâchoires prêtes à l'emploi, et a serré.

"Tous les systèmes sont prêts !" cria quelqu'un.

L'appareil se tordit et grinça. Il chanta puis céda avec un soupir et une mâchoire cassée. Les dents de métal étaient pliées et tordues tandis que ce qui restait attaché à l'appareil de levage était remonté.

"Et maintenant ?" demandai-je.

"Madame," dit l'officier Marshall, "pourquoi vous et votre fils ne réserveriez-vous pas une chambre d'hôtel pour quelques jours ? Vous pourriez même avoir une assurance pour le couvrir."

"Loi de Dieu", ai-je dit.

"Mon beau-frère est assureur et je lui ai posé la question. Il m'a dit que la plupart des polices couvrent les météores, donc si nous pouvons déterminer si cette chose est un météore, alors tout sera couvert."

"Et qui décide ce que c'est, ou ce n'est pas ?"

"Nous avons contacté quelqu'un qui pourrait nous conseiller ou nous orienter dans la bonne direction."

Je me suis assise dans mon fauteuil préféré — sans exception mon petit coin de paix dans le chaos.

***

Quand personne ne regardait, je suis descendue pour examiner la chose de plus près. Au fur et à mesure que je m'approchais, il semblait y avoir un son, un bourdonnement ou un vrombissement de plus en plus fort au fur et à mesure que je m'approchais en plus de l'augmentation de la chaleur. Il y avait aussi une odeur qui m'a fait mettre ma main sur mon nez.

Debout à côté, j'ai eu l'impression que tout était sens dessus dessous. En fait, lorsque j'ai levé les yeux, les invités qui se tenaient dans le salon se reflétaient en bas, comme si leur corps se trouvait à l'étage supérieur et que leur ombre en bas flottait à travers le sol avec moi. C'était une sensation étrange, comme si j'étais en bas mais pas seule.

Les choses qui ressemblaient à des ombres étaient des images reflétées avec des lumières vertes, de l'énergie menant à l'objet. J'ai étudié les invités à l'étage et leur contrepartie en bas ; lorsqu'ils bougeaient, l'énergie de leur ombre bougeait aussi.

J'ai marché autour d'un des rayons et plus près de la masse tombée et la chaleur a diminué. Si je suivais le schéma en utilisant les énergies de l'ombre, je pouvais me rapprocher de l'objet tombé.

En l'examinant de plus près, j'ai été attiré par des fentes à la surface de la chose. Elles avaient la forme d'yeux, mais il n'y avait ni pupille, ni paupière, ni cils. Après en avoir fait le tour, j'ai eu le vertige.

Pour me stabiliser, j'ai appuyé mon bras sur le mur. L'instant d'après, le mur s'est déplacé et je me suis retrouvé à l'extérieur de ma maison. Le mur de mon sous-sol était devenu un tourniquet.

À part l'herbe, rien à l'arrière ne ressemblait à ce qu'il devrait être. La remise avait disparu, tout comme le porte-vélos et le vélo de mon fils. Autre chose, les maisons des voisins avaient toutes disparu.

J'ai commencé à marcher, souhaitant avoir une corde attachée à la maison pour m'y accrocher au cas où je me perdrais,

J'ai levé les yeux et il n'y avait ni soleil ni ciel. Ce qui les avait remplacés n'était que du vert au-dessus et tout autour, à l'exception des arbres. Les arbres étaient dépourvus de branches, de simples troncs s'élançant vers le ciel.

Je me suis pincé pour m'assurer que j'étais bien réveillé. Je l'étais.

Je me suis retourné et j'ai observé ma maison. L'objet qui empiétait était visible, à moitié à l'intérieur et à moitié à l'extérieur.

Pendant un instant, j'ai voulu faire demi-tour jusqu'à ce qu'un sentiment m'envahisse. J'ai eu envie de chanter et je l'ai fait. The Green, Green Grass of Home de Tom Jones.

En me balançant et en dansant avec moi-même, j'avais l'impression de flotter sur un nuage. Puis une main m'est venue à l'esprit, celle de mon mari Luther.

J'ai jeté mes bras autour de son cou, et il a fait de même autour du mien.

Nous nous sommes embrassés et nous avons dansé.

À la fin de la chanson, il s'est incliné, m'a envoyé un baiser et a disparu.

J'ai essuyé une larme.

***

Me sentant plus seule maintenant que le jour de sa mort, j'ai enroulé mes bras autour de moi et je me suis dirigée vers la maison.

De retour à l'intérieur, j'ai été attirée par l'objet qui semblait se déplacer et bourdonner. Autre chose, il tournait dans le sens inverse des aiguilles d'une montre.

À l'étage, j'ai entendu un cri suivi d'un fracas. Un corps est tombé par le trou, a rejoint son énergie d'ombre puis s'est immobilisé sur la surface de l'objet. La chair de l'homme grésilla et cracha, jusqu'à ce qu'il ne reste plus qu'une forme en X à l'endroit où les bras et les jambes de l'homme s'étaient évasés.

Mon estomac s'est mis à trembler tandis que je me dirigeais vers l'étage.

***

Les visages vides en disaient long.

Je suis allée voir Jasper et lui ai demandé qui était l'homme. Il m'a expliqué qu'il s'agissait d'un caméraman du journal local. Il avait essayé de prendre la meilleure photo mais s'était trop penché.

"Tout le monde dehors !" demande Marshall. Cette fois, il ne se contentait pas d'une réponse négative.

Jasper et moi avions à nouveau notre maison pour nous seuls, ce qu'il en restait en tout cas.

***

L'officier Marshall et deux autres officiers étaient postés devant ma maison.

Deux autres agents sont arrivés et se sont postés à l'arrière.

Ils ont bouclé la zone avec du ruban adhésif. Ils ont fait traverser la rue aux voisins curieux.

Jasper et moi avons tiré les rideaux et jeté un coup d'œil à l'extérieur juste au moment où un cortège de véhicules noirs s'est arrêté en hurlant. Les portes s'ouvrent simultanément comme dans une scène de Men in Black. Costumes noirs. Des lunettes de soleil.

"Oh là là", dit l'officier Marshall. "Je pense que l'expert que nous avons contacté a peut-être fait intervenir les autorités".

"Oh là là, il l'a fait", ai-je dit.

"Whoa", s'exclame Jasper en posant les yeux sur la seule femme de l'entourage.

Elle était vêtue d'un costume deux pièces rouge avec une veste cintrée et une jupe au-dessus du genou. Sous la veste, elle portait un chemisier blanc à col ouvert et un collier avec un cœur en diamant. Pour couronner le tout, elle portait une paire de talons rouges de 15 cm et un sac à main assorti.

Les hommes se sont retenus lorsque la femme a monté les escaliers.

Elle était clairement le chef de la meute.

Jasper et moi sommes allés à l'entrée, à côté de Marshall et des deux autres officiers. Nous avons formé un demi fer à cheval.

La femme a montré ses papiers d'identité. Elle travaillait pour la Sécurité intérieure et était accompagnée d'un autre agent. Il y avait deux agents du F.B.I. Deux de la C.I.A. Deux du Département pour la protection des étrangers. Deux des services secrets.

"Où est-il ?", demande la femme. Elle s'appelle Charlotte Cassidy. Elle a retiré ses lunettes de soleil sombres et ses cheveux corbeau ont immédiatement contrasté avec ses yeux bleus. Dans sa main, elle portait un objet qui faisait tic-tac. "Ce n'est pas aussi gros que je l'imaginais". Elle s'est approchée du trou avec l'appareil tendu et il est devenu silencieux.

"Un détecteur de radiations ?" Jasper a chuchoté.

J'ai haussé les épaules.

L'homme de la C.I.A., Frank Dune, n'arrêtait pas de mettre ses lunettes de soleil et de les retirer alors qu'il était à l'intérieur. C'était très ennuyeux. Son partenaire, Jake Flatts, lui a donné un coup de coude et lui a dit d'arrêter. "Madame, que savez-vous de cet objet ?"

"Il est tombé à travers mon toit. Il est ridiculement chaud. Il bourdonne, parfois il bourdonne. Ils ont essayé d'utiliser un chariot élévateur pour le sortir d'ici, ça l'a cassé." Je me suis rapproché, faisant signe d'expliquer la forme en X laissée par le mort.

"Il a disparu", dit Jasper.

"Qu'est-ce qui a disparu ?" demande Charlotte.

L'officier Marshall a ajouté . "Un photographe est tombé dedans et a fondu dessus. Il y avait eu une empreinte de son corps, en forme de X, mais elle n'est plus visible."

"Peut-être qu'elle n'a jamais été là ?" dit-elle.

"Elle était absolument là", ai-je répondu, "nous avons beaucoup de témoins".

"Jésus !" a dit l'un des gars du Département pour la protection des étrangers (T.D.F.T.P.O.A.). Il s'appelait Alex Greene, et il avait très envie de descendre pour voir ça.

Charlotte prend les devants et propose que le groupe se sépare. Elle a indiqué qui devait rester à l'étage et qui devait descendre avec elle. Je faisais partie de ce dernier groupe.

Alex Greene et sa partenaire Jessie Filtch étaient visiblement mécontents d'être exclus, mais Charlotte a estimé qu'il valait mieux qu'elle et son équipe accèdent d'abord au danger avant de lâcher les autres.

***

Lorsque j'ai atteint l'escalier du bas, après avoir marché lentement pour pouvoir réfléchir en chemin — parfois, être vieille a ses avantages — je me suis demandé si je devais leur parler de la danse avec mon mari. J'ai réalisé que je devais le faire, même si cela ne les regardait vraiment pas.

J'ai immédiatement remarqué un changement dans l'objet. Dans deux des fentes ressemblant à des yeux se trouvaient deux vrais yeux. La couleur n'était cependant pas humaine, car il y avait des taches vertes à l'arrière-plan et, à la place de la pupille, il y avait quelque chose de rouge comme une boule de feu. J'ai sursauté et je suis passé à autre chose.

Une fois que j'ai repris mes esprits, je m'attendais à ce que les invités soient étonnés ou au moins intéressés par les ombres qui émanaient des gens à l'étage. Curieusement, ils n'ont pas semblé le remarquer.

Charlotte était occupée à agiter son tic-tac qui ne faisait plus tic-tac. Elle s'est approchée de moi. "Qu'est-ce qui t'inquiète exactement dans cette chose ? Il me semble parfaitement inoffensif."

P. G. Willow ("Pingouin" en abrégé) — le représentant de la sécurité nationale, m'a évité de dire quelque chose que j'aurais regretté. "Ayez un peu de sensibilité, voulez-vous ? La maison de cette femme a été envahie et réduite en miettes." Il marque une pause : "Avez-vous envisagé qu'elle puisse éclore ?"

"Il n'a même pas la forme d'un œuf", rétorque Charlotte après s'être moquée.

"Un œuf tel que nous le connaissons", rétorque Pingouin.

Charlotte a roulé des yeux.

"Ce qui m'inquiète", dis-je en essayant de ne pas paraître trop fâchée alors que je me sentais fâchée, "ce n'est pas tant cette chose, mais vous tous qui piétinez dans ma maison. Pourquoi êtes-vous ici de toute façon ? Pourquoi les gars du Département de la protection des étrangers ne sont-ils pas ici au lieu du F.B.I., de la C.I.A. et de la Sécurité intérieure ?"

"Il fait très chaud", propose le guichetier de Charlotte, de la Sécurité intérieure. Il s'appelait Brad Hitt et il était doué pour énoncer cette foutue évidence, comme l'avait été mon voisin.

J'ai erré en essayant d'attirer l'attention sur les ombres. J'entrais et sortais de l'ombre. Rien.

Étais-je le seul à les voir ?

"Qu'est-ce que c'est que ces trous dans la surface ?" demande Hitt.

Je me suis déplacé et lui ai demandé lesquelles. Je me suis demandé ce qu'il pouvait voir et ne pouvait pas voir. Il m'a répondu qu'il s'agissait de centaines ou de milliers de choses qui ressemblaient à des fentes et qui étaient vides. Puis il a tendu la main et aurait touché la chose si je ne l'avais pas arrêté à temps.

"Tu essaies de te suicider ?

Charlotte ajoute : "Je pense que nous en avons vu assez. Il faut refroidir cette chose. Appelle les pompiers. Une fois qu'ils l'auront refroidi, nous pourrons le faire rouler hors d'ici. C'est facile."

Je lui ai raconté ce qui s'était passé quand les pompiers avaient essayé de faire ça.

Charlotte a parlé directement dans son téléphone : "L'objet en question chauffe quand on y verse de l'eau. Je répète, il chauffe au lieu de refroidir quand on y verse de l'eau froide." Elle a traversé la pièce. Nous l'avons tous suivie.

"Attendez une minute", dit Hitt. Nous avons tous attendu. "Ce n'est pas grave", a-t-il dit.

Charlotte et son entourage sont partis après nous avoir donné des instructions précises :

#1. Personne de nouveau n'est autorisé à entrer dans la maison.

#2. Interdiction de poster quoi que ce soit sur les médias sociaux ou ailleurs sans sa permission.

Puis ils sont partis, à l'exception de deux d'entre eux.

***

Il restait Alex Greene et son partenaire, Jessie Filtch. Les deux gars du département de la protection des étrangers.

"Maman, je peux te parler ?"

Nous nous sommes excusés et sommes allés dans mon bureau.

"Maman, je pense que ces deux types sont des idiots".

"Jasper, quelle chose à dire."

"Je pense que nous devrions appeler quelqu'un, un expert. Comme Sam et Dean dans Supernatural. Ils sauraient quoi faire."

Je secoue la tête. "Euh Jasper, ce sont des personnages de fiction".

"Je sais maman, mais il doit bien y avoir des gars comme ça dans la vraie vie".

"Pourquoi ne surfes-tu pas sur le net et ne vois-tu pas ce que tu peux trouver ?"

J'ai laissé Jasper dans mon bureau et je suis allée trouver Alex et Jessie. Ils portaient des équipements de protection bizarres, notamment des uniformes et des masques, et avec les armes qu'ils portaient, ils ressemblaient aux Ghostbusters.

Je m'attendais à ouvrir la voie, mais au lieu de cela, j'ai suivi les garçons. Ils transportaient tellement de choses supplémentaires, de tubes et de gadgets. L'un d'entre eux faisait du tic-tac.

Les garçons travaillaient bien ensemble, avec une étrange osmose. L'un savait ce que l'autre pensait avant qu'il ne communique. Ils se sont rapprochés de l'objet et, munis de gants de protection, ont posé leurs mains dessus. Leurs combinaisons ont fait le travail — dans un premier temps. Ils ont échangé des regards et se sont fait un pied de nez.

Je me suis approché un peu plus près, détectant une odeur bizarre. Quelque chose était en train de brûler. Le gant de Jessie s'est d'abord allumé, puis celui d'Alex. Ils se sont précipités vers l'évier et ont arraché leurs gants désintégrés avec l'autre main. Leurs mains avaient été brûlées, mais ce n'était pas aussi grave que ça aurait pu l'être.

"Whoa !" dit Jessie après avoir retiré son masque. "Ce fils de pute est plus chaud que l'enfer".

Cette explosion de vérité m'a fait rire tandis qu'Alex retirait son masque. "Tu as remarqué le truc ?

Les deux hommes se sont regardés l'un l'autre, puis m'ont regardé. Je n'étais pas certaine de ce à quoi ils faisaient référence, alors je me suis tue.

"Oui, dit Jessie. "Les yeux."

J'étais surprise qu'ils puissent les voir et je l'ai dit.

"Attendez une minute", dit Alex. "Tu es en train de nous dire que tu peux les voir sans aucun équipement pour les yeux ?".

J'ai acquiescé.

"Qu'est-ce que tu peux voir d'autre ?" Jessie a demandé.

J'ai hésité et j'ai dit que je reviendrais tout de suite. Ils ont remis leur cagoule et je suis monté à l'étage pour faire la démonstration de l'énergie des ombres. J'ai attendu, m'attendant à entendre quelque chose de leur part, comme un cri de joie, mais je n'ai rien entendu."

"Oh, tu es de retour", ont-ils dit.

"Tu as remarqué quelque chose ?"

"Puis-je utiliser votre salle de bain ?" Alex a dit et il est monté à l'étage.

Jessie a mis sa capuche et quand Alex est revenu, ils ont échangé un regard.

"Alors, vous pouvez voir les ombres ?"

"Nous avons passé nos mains à travers", a admis Jessie. "Et on a aussi réussi à la lire".

Je me suis rapprochée. "Eh bien, ne me fais pas languir."

"C'est une lueur d'air ionisé, des atomes de Rydberg, d'où la teinte verte", a expliqué Alex. "C'est difficile à expliquer car cela ne se produit généralement que dans l'espace ou dans des endroits comme les aurores boréales. C'est extrêmement rare, je veux dire que c'est du jamais vu dans la cave de quelqu'un."

J'avais la bouche béante. Je l'ai refermée.

"À base d'aluminium", explique Jessie. "Ce n'est ni toxique ni dangereux. Nous pensons que l'objet est ici par accident, et qu'il vient de très, très loin. Étant donné sa taille et sa forme, sans parler de son poids, le renvoyer ne sera pas facile. En fait, nous n'avons probablement pas la technologie nécessaire pour le faire."

"J'ai besoin d'un verre", dis-je.

Alors que je me dirigeais vers l'étage, Jessie a demandé : "Et le mur ?"

"En supposant qu'elle puisse le voir", a répondu Alex.

Faisant semblant de ne pas les avoir entendus, j'ai continué. Puis j'ai relancé une rasade de whisky.

"Maman ?"

"Je suis dans la cuisine, mon amour".

"J'ai trouvé deux gars, comme Sam et Dean. Ils sont en train de conduire jusqu'ici, à environ quarante-cinq minutes d'ici, grâce à leur GPS. J'espère que ça ne te dérange pas, mais je leur ai proposé une note de frais. Jusqu'à cent dollars pour couvrir leurs dépenses."

J'ai souri. "C'est très bien."

"Ils ont un site Internet et beaucoup de témoignages et d'expérience dans le domaine du surnaturel, de l'occulte et de l'extraterrestre."

"Bien joué Jasper. Tu me feras savoir quand ils arriveront. En attendant, je vais occuper les deux invités en bas."

"Ça va, maman ? Tu as l'air un peu fatiguée ?"

"Je suis fatiguée, mais excitée en même temps.

"Moi aussi !"

***

Je suis retournée au sous-sol, confirmant que je pouvais le voir.

"Es-tu passé à travers ? De l'autre côté ?" demande Jessie.

"Je suis allé là-bas et je me suis appuyé sur le mur comme ceci". J'ai fait une démonstration et, une fois de plus, je suis passée directement à travers. Les garçons étaient déjà équipés et ils ont suivi.

"Comment est l'air ?" demande Jessie.

"Il est frais et beau."

Ils ont retiré leurs masques.

"Quand as-tu remarqué le vide pour la première fois ?" Alex demande.

"Je ne l'ai pas vraiment remarqué, je me suis juste penchée dessus par accident".

"Ça a l'air très étrange avec tout ce ciel vert", a dit Alex. Il a touché l'herbe, il a dit qu'elle semblait artificielle.

Ils ont marché dans la direction opposée à celle où j'étais allée auparavant. Je les ai suivis de près. Nous avons marché pendant un bon moment, en écoutant attentivement le silence. "Pourquoi vous avez appelé ça le vide, les garçons ?"

"Il plaisantait", dit Jessie. "Le vide, c'est comme ça qu'ils appellent quelque chose comme ça dans le monde des jeux ou de la réalité virtuelle. Nous ne sommes pas encore certains de ce que c'est, mais nous avons l'impression que ce monde est celui d'où provient votre objet."

"En fait", ajoute Alex. "Cette chose serait camouflée ici, comme un caméléon".

J'ai entendu un fort sifflement. Il est intéressant de noter que je pouvais entendre des sons provenant de l'intérieur de ma maison dans cet autre endroit. Alex et Jessie n'ont pas réagi au son alors que je me suis frayé un chemin jusqu'à l'entrée et que je suis entrée directement. Les garçons étaient sur mes talons, mais ils ne sont pas entrés. J'ai tendu la main dans le vide (faute d'un meilleur mot) puis l'ai retirée. Elle était remplie d'une substance verte ressemblant à de la gelée. J'y suis retourné avec mes deux mains, cherchant désespérément Jessie et Alex. J'ai crié leurs noms à travers le mur et j'ai même essayé de me repousser à nouveau, mais je n'ai pas eu de chance.

Jasper a chuchoté à voix haute.

"Fais-les descendre ici Jasper, je crois qu'on a besoin de leur aide — MAINTENANT".

***

Nos Sam et Dean étaient deux jeunes garçons, à peine plus âgés que Jasper. Ils étaient chargés d'équipement alors qu'ils descendaient les escaliers. Le plus grand des deux avait les cheveux blonds et s'appelait Bert (diminutif d'Albert) et le deuxième jeune, qui avait une coupe de cheveux à la militaire s'appelait Leo (diminutif de Galilée.)

Après avoir échangé quelques amabilités, j'ai expliqué ce qu'étaient les agents disparus et le vide.

Leo a parlé dans un micro qu'il avait sur son téléphone. Il a décrit l'objet, y compris sa taille et ses dimensions. Il m'a demandé d'expliquer le fonctionnement du vide.

Bert s'est approché de l'objet vert pour le voir de plus près. Il a tendu la main et a touché l'objet avant que je puisse l'en empêcher. "C'est vraiment cool", a-t-il dit. "Je veux dire au niveau de la température. Vu la description qu'en a faite Jasper tout à l'heure, je dirais que quelque chose s'est court-circuité."

Je l'ai touchée moi-même ; elle était exceptionnellement lisse et fraîche. J'ai cherché la paire d'yeux, sans succès. Je me suis interrogé sur les ombres et j'ai demandé à Jasper de monter les escaliers en courant, pour que je puisse vérifier. Rien. Bert et Léo m'ont regardé attentivement.

"Je pense que le propriétaire de cette chose doit avoir un rayon tracteur dessus".

"Nous devrions dire, avait un rayon tracteur dessus", dit Bert. "Parce qu'on dirait qu'il a mal fonctionné".

"Je peux descendre maintenant ?" Jasper a demandé.

Je me suis excusé de l'avoir oublié.

"Les gars de l'autre côté, quels sont leurs noms ?" Léo a demandé.

Nous les avons appelés. Rien.

" Alors, le truc du rayon tracteur ", j'ai dit, " il a cessé de fonctionner, alors comment on le répare ? Et si on le répare, est-ce qu'ils pourront le remonter ?"

"Si nous pouvions faire en sorte que le vide s'ouvre, puis pousser l'objet à travers", a dit Leo.

"Et faire revenir les gars, ajoute Jasper.

J'aurais toujours un énorme trou dans mon toit, mais au moins je pourrais le faire réparer.

Ensemble, nous nous sommes placés tous les quatre d'un côté de l'objet. " À trois ", dit Bert, et nous l'avons poussé avec tout ce que nous avions.

"C'était une idée intelligente", a dit Bert quand nous n'avons pas réussi à le déplacer d'un iota. Il a hésité un instant puis a demandé : "Quand vous étiez de l'autre côté, avez-vous senti un danger ?".

J'ai réfléchi. Je ne l'avais pas fait et je l'ai dit. "Une seule chose", ai-je admis. "Jasper, cela va être un choc pour toi. J'espérais te le dire en privé."

J'ai expliqué que j'avais dansé avec mon mari. Inquiète, j'ai demandé à Jasper ce qu'il en pensait. Il m'a répondu qu'il aurait aimé être là avec moi.

"A-t-il posé des questions sur moi ?"

J'aurais aimé qu'il le fasse, mais ce n'était pas le cas. Tout s'est passé si vite.

"Laisse-moi mettre les choses au clair", m'a interrompu Alex. "Ce n'était pas ton mari. C'était une manifestation de ton mari. Les êtres surnaturels peuvent lire dans les pensées, certains peuvent conjurer les esprits et même répliquer les vivants."

"Mais il se sentait réel, il avait même une odeur réelle."

"C'est exactement ce qu'ils veulent que tu penses", dit Léo.

Dehors, j'ai entendu des pneus de voiture s'arrêter en hurlant.

"Ils sont de retour", ai-je dit alors que nous nous dirigions vers la porte d'entrée.

"Bon sang", ont dit Léo et Bert, "nous avons le droit d'être ici". "Nous avons le droit d'être ici. Nous n'allons nulle part."

J'ai ouvert la porte.

Nous sommes restés fermement en place avec un puissant sentiment d'objectif et la détermination que nous ne serions pas déplacés.

***

Cette fois, ce n'est pas Charlotte qui mène le peloton. C'était plutôt le président.

Il était plus grand que tout le monde, vêtu d'un épais pardessus accentué par une paire de gants en cuir. Ses gardes du corps se tenaient près de lui, parlaient dans des microphones et se faisaient remarquer.

"Monsieur le Président", dis-je en faisant une révérence. Il m'a tendu une main non gantée. Je lui ai présenté Jasper, puis Bert et Leo. "Bienvenue chez moi, Monsieur le Président".

Il a incliné la tête et est entré en demandant : "Alors, par où sont-ils passés ?".

Comment le savait-il ? Avaient-ils mis ma maison sur écoute ? J'étais agacé et je l'ai dit.

Charlotte s'est avancée avec son téléphone tendu, a appuyé sur play. Sur son téléphone, il y avait un message de Jessie et d'Alex.

"Nom d'un chien !" Bert s'est exclamé.

"Pourquoi on n'y a pas pensé ?" demande Léo.

"Vous ne le feriez pas maintenant, n'est-ce pas ?" Charlotte a dit avec une arrogance inconvenante dont le haussement de sourcils du président indiquait qu'il n'était pas content.

"Suivez-moi", ai-je dit et je les ai conduits au sous-sol.

"Attendez une minute", dit le président. "Comment se fait-il que ce truc ne dégage plus de chaleur ?" Il se tourne vers Charlotte. "Je croyais que tu avais dit qu'il était chauffé à blanc."

Charlotte se rendit compte que le président avait raison et demanda une mise à jour.

"On dirait que c'est arrivé quand les gars sont allés dans le vide", ai-je proposé.

"Rappelez-les", ordonna le président, Charlotte essaya, mais ils ne répondirent pas.

Bert dit au président : " Nous étions justement en train d'envisager la possibilité de faire rouler la chose hors d'ici maintenant qu'elle est refroidie. Si nous pouvons ouvrir le vide et faire entrer les garçons et le faire sortir, cela pourrait être considéré comme un échange de bonne volonté."

"À qui ?" demande le président.

"À celui qui l'a envoyé ici", répond Leo.

"S'il vous plaît, dites-m'en plus", a dit le Président et bientôt Charlotte et son entourage se sont rassemblés autour en écoutant aussi.

"Nous pensons", dit Léo, "que celui à qui appartient cette chose devait avoir un rayon tracteur sur lui. Nous pensons que le rayon tracteur a mal fonctionné — mais dans tous les cas, nous devons faire sortir ces deux gars avant qu'il ne se rallume."

Le président serra la main de Léo et de Bert. Il se tourne vers Charlotte. "Embauchez ces deux-là."

Les garçons furent flattés mais déclinèrent son offre, puis expliquèrent leurs expériences passées avec le surnaturel, l'occulte et l'extraterrestre. Ils ont parlé au président de leurs plus de cinq millions de vues sur YouTube et de leurs millions d'adeptes sur les médias sociaux.

"Eh bien là, c'est très impressionnant", a déclaré le président. Sa main s'est glissée dans sa poche, et il en a sorti deux cartes de visite qu'il a données aux garçons. À leur tour, ils lui ont donné leurs cartes de visite.

"Maintenant, venons-en au sujet qui nous occupe", dit le président. "Comment faire revenir nos gars et pronto".

Je me suis appuyé contre le mur, comme je l'avais déjà fait, et j'ai espéré passer, mais cette fois, ça n'a pas marché.

***

Nous avons réussi à déplacer l'objet vert un tout petit peu, pour qu'il soit en position si le vide s'ouvrait.

"Tout ce que nous pouvons faire maintenant, c'est attendre", a dit le président. Puis il a appelé Charlotte, nous a remerciés d'avoir été des citoyens remarquables, et a ensuite fait une proposition de départ.

"Puis-je vous demander une faveur ?" dit Bert.

"Bien sûr", a répondu le président.

"Est-ce qu'on peut prendre un selfie pour notre site Internet ?"

Le président a répondu : "Pas de problème" et ils en ont fait plusieurs.

Nous sommes montés à l'étage et avons attendu un signe. N'importe quel signe.

***

Le jour s'est transformé en nuit.

Dehors, le vent sifflait et faisait claquer les tuiles du toit comme s'il faisait une course contre lui-même. J'ai fermé les yeux, j'ai frissonné, j'ai regardé par l'interstice du plafond et j'ai aperçu un rayon de lumière dans la nuit étoilée.

J'ai sursauté et bientôt tout le monde se tenait près de moi et regardait en l'air.

"Whoa !" Leo s'est exclamé. "Je crois que c'est le rayon tracteur".

"Tu parles d'un rayon tracteur Scotty !" Bert a dit.

Le rayon tracteur est descendu, a serpenté à travers le trou, jusqu'au sous-sol où il s'est accroché à l'objet vert. Le rayon tracteur était également vert, mais il scintillait et tremblait alors qu'il s'étendait et s'accrochait à l'objet.

Une fois qu'il a eu une prise ferme, il a semblé s'arrêter, puis a fait redémarrer les moteurs. Le bruit était assourdissant, et nous nous sommes tous bouché les oreilles, tandis qu'il soulevait l'objet en l'éloignant d'abord du mur, puis en le faisant monter lentement mais sûrement vers le ciel.

Nous ne pouvions pas le quitter des yeux. Nous aurions pu être en danger — pourtant nous ne pouvions pas détourner le regard. Il s'élevait de plus en plus haut et dans le ciel nocturne. Nous sommes sortis, pour voir davantage ce qu'il y avait à l'autre bout, mais de tous les points de vue, rien n'était visible, sauf le faisceau d'une ligne verte qui emportait l'objet.

Une fois qu'il a complètement disparu, si haut qu'il était invisible à l'œil nu, nous sommes restés ensemble, debout, en silence, jusqu'à ce que je dise : "D'accord, l'objet est parti, mais qu'allons-nous faire d'Alex et de Jessie ? Ils sont toujours piégés dans le vide."

"Je suppose qu'il nous faut un plan B", dit Léo.

"Nous vous laissons le soin de le faire", a dit Charlotte en appuyant sur la touche de numérotation rapide de son téléphone et en renseignant le président, puis en déclarant l'affaire close. "Il n'y a aucun problème de sécurité ici, et aucun extraterrestre". Elle et son entourage plièrent bagage et se dirigèrent vers leurs véhicules.

"Attendez une minute !" J'ai crié. "Vous ne vous souciez même pas de vos hommes ?"

"Dommage collatéral", a dit Charlotte en claquant la portière de sa voiture. Elles se sont éloignées en voiture.

"Je suppose que c'est à nous de jouer", ai-je dit.

Bert et Leo se sont regardés.

Bert a dit : " Je suis désolé, mais nous ne savons pas quoi faire ni comment les récupérer. Nous allons partir nous aussi, pour dormir un peu. Nous vous appellerons demain matin si nous pensons à quelque chose."

Jasper et moi n'étions pas amusés. Maintenant que l'objet avait disparu, tout le monde partait. Ils nous abandonnaient.

Jasper est allé dans sa chambre et je me suis mise en pyjama, pensant constamment aux hommes disparus. J'ai essayé de me distraire en lisant un roman policier, mais le mystère qui régnait sous mon propre toit réclamait mon attention. Après deux heures d'agitation, je me suis levée pour me préparer une tasse de thé.

J'aurais mis ma robe de chambre si j'avais su que de la compagnie allait arriver.

***

Sirotant le thé, me demandant comment je pourrais résoudre le dilemme, j'ai contemplé les étoiles, tandis qu'une larme coulait sur ma joue. Deux hommes étaient perdus quelque part dans le vide, sans famille, sans ami, sans pays. Ils avaient été des citoyens courageux. Ils méritaient mieux.

J'ai attrapé un biscuit au chocolat et j'allais en prendre une bouchée quand j'ai remarqué une étoile verte scintillante. Une étoile verte ? Je me suis frotté les yeux, mais elle était toujours là, me faisant un clin d'œil. Je suis sorti, pour avoir une vue complète du ciel nocturne.

Ce n'était pas une étoile.

Elle se déplaçait, tombant rapidement dans ma direction, devenant de plus en plus grosse.

"Oh non !" J'ai crié à personne. Puis j'ai appelé Jasper, et il est sorti en courant. J'ai pointé du doigt vers le haut, tout en envisageant un mouvement rapide si nous devions nous écarter de son chemin.

Alors que l'écart entre eux et nous diminuait, nous n'avons pas pu contenir notre excitation et nous avons sauté de joie lorsque la chose s'est arrêtée et qu'ils étaient là.

Deux parapluies noirs se sont ouverts, Alex et Jessie en ont saisi un chacun et leur descente vers nous a commencé. Portant des combinaisons faites d'un matériau réfléchissant, Alex et Jessie sont tombés doucement vers nous.

Après avoir atterri en douceur, ils ont sorti deux bouteilles vertes de l'intérieur de leur combinaison. Après avoir ouvert le couvercle, ils en ont avalé le contenu. Ils sont sortis de leurs combinaisons, révélant les vêtements dans lesquels ils étaient partis. Ils ont remis les bouteilles à l'intérieur et les ont attachées aux parapluies.

Le rayon tracteur s'est accroché aux parapluies et aux combinaisons. Nous avons salué les objets qui étaient tirés vers le ciel et nous les avons regardés jusqu'à ce que nous ne les voyions plus.

"Bon retour parmi nous !" Jasper et moi nous sommes exclamés.

"Je pourrais assassiner une tasse de thé !" Alex a dit.

"Je préférerais un coup de whisky", a dit Jessie.

"Qui étaient-ils ?" J'ai demandé. "Ou devrais-je dire QUOI étaient-ils ?"

"Tout en temps convenable", ont dit à l'unisson nos deux héros revenus. "Mais d'abord, nous devons prendre des biscuits et des boissons".

Ils se sont adaptés à leur retour, pendant que je préparais le repas. Nous nous sommes assis ensemble à la table du dîner, en sirotant. Nous attendions. Ils n'avaient rien à dire. Pas de questions pour nous, même si l'énorme objet vert n'était plus chez moi.

Ma patience commençait à s'épuiser, alors je leur ai demandé de nous raconter ce qui s'était passé.

"C'était de courtes vacances", a dit Alex.

"Oui, des congés payés", a dit Jessie.

Je me suis levée. "Qu'est-ce que vous voulez dire ? Où étiez-vous ? Qui vous détenait ? As-tu été emprisonnée ? Comment étaient-ils ? Comment les as-tu convaincus de te renvoyer ?" Je me suis rassis.

Jasper continue : "Et qu'est-ce que c'était que cette chose verte ? Pourquoi était-il ici ? Est-ce que quelqu'un s'est fait botter les fesses pour l'avoir fait tomber ?"

Les hommes se sont regardés les uns les autres avec des visages vides. Ils n'avaient aucune idée de ce dont nous parlions. Tu parles d'une personne désemparée.

"Maman, je pense que les extraterrestres ont effacé leurs esprits".

"Je suis d'accord. Tu parles d'une table rase !"

Il n'y avait rien d'autre à dire ou à faire que d'aller dormir. Jessie s'est installée sur le canapé, Alex sur le fauteuil La-Z-Boy.

Alex s'est levé d'un bond. "Oh, avant que j'oublie."

Jessie s'est levée aussi. "Oui, nous avons quelque chose pour toi."

Jasper et moi nous sommes regardés, c'était comme s'ils avaient été aiguillonnés ou choqués.

Jessie a sorti de sa poche un étui vert et scintillant. Il a ondulé quand je l'ai pris dans ma main et m'a semblé très frais. Je l'ai ouvert et j'ai sursauté. À l'intérieur se trouvait la médaille de Saint-Christophe de mon mari. Celle que je lui avais offerte pour notre premier anniversaire de mariage.

Alex a tendu un objet similaire à Jasper. À l'intérieur se trouvait la montre de son père. Jasper l'a mise directement à son poignet. "A-t-il dit quelque chose à mon sujet ?"

Alex a répondu : " Il vous voit tous les jours, tous les deux. C'est vrai ce qu'on dit, ceux qu'on aime ne sont jamais loin de nous."

Alex et Jessie ont tous deux sursauté, cette fois à l'unisson. "Nous devons partir."

"Et maintenant ?" J'ai demandé. "Vous allez bien ?"

"Oui", ont-ils dit ensemble. "Nous avons quelque chose à remettre au président. Maintenant."

Une voiture s'est arrêtée à l'extérieur et ils sont partis.

***

"Nous devons lui remettre nous-mêmes", ont exigé Jessie et Alex.

C'était au milieu de la nuit, mais le président a accepté de les recevoir.

Lorsqu'ils sont entrés dans le bureau ovale, le président était assis et portait son peignoir en soie.

"Qu'avez-vous tous les deux pour moi ?" demande le président.

Ensemble, Jessie et Alex lui ont présenté l'objet. Il s'agissait d'un bouton vert exceptionnellement grand. Sur ce bouton, on pouvait lire les mots suivants : "PUSH ME. FAITES-LE".

"Que va-t-il se passer ?" demande le président.

"Nous n'en savons rien."

"Je dois demander à quelqu'un, à l'un de mes conseillers. Je ne peux pas juste..."

"Mais tu es le président", dit Jessie.

"Oui, tu peux tout faire, n'est-ce pas ?"

Le président a posé le bouton vert sur son bureau à côté du bouton rouge. Ensemble, ils avaient un air de Noël.

Jessie et Alex ont dit : "Dehors. Dehors. Dehors."

"D'accord les garçons, d'accord", dit le président. "Allons-y."

Une fois dehors, le président ne pouvait pas attendre pour appuyer et il l'a fait.

Le ciel est passé du bleu au vert tandis qu'un rayon tracteur couvrait le pays d'un océan à l'autre, arrachant chaque AR-15.

EPILOGUE

Loin, très loin, sur la planète au ciel vert et à la terre verte, mais où les arbres n'étaient que des troncs, les extraterrestres ont réutilisé les matériaux terrestres qu'ils avaient rassemblés.

Les AR-15 ont été façonnés en branches.

Les bouteilles étaient accrochées aux branches et sifflaient dans le vent.

Les parapluies protégeaient de la pluie et du soleil.

Chaque fois que les extraterrestres avaient besoin de plus de AR-15, ils allumaient le bouton et les présidents l'appuyaient toujours.

DARRYL ET MOI

L E JOUR MÊME OÙ j'ai appris que j'étais enceinte, mon mari est mort.

Je suis dans une zone de guerre. Je ne suis pas seule. Mon bébé est avec moi, à l'intérieur de moi.

Je croise les bras sur mon bébé, protégeant l'enfant en marchant dans la rue alors que les bombes explosent autour de nous. J'essaie de trouver un abri pour nous, mais les bombes se rapprochent de plus en plus.

Je suis perdue, mais je n'ai pas peur. Mon enfant me donne un coup de pied dans la main pour me rassurer. Nous tissons des liens ensemble pendant que le reste du monde explose.

Je m'arrête et me regarde dans un miroir au centre de la rue. Je porte une robe rouge vif avec des chaussures rouges assorties et des bas noirs. J'ébouriffe mes cheveux avec les doigts, je cherche du rouge à lèvres dans mon sac à main. Je fais une empreinte de baiser sur la vitre puis je rejette la tête en arrière et je prends un selfie. Je le poste sur Instagram. Ou j'essaie. Je ne suis pas sûre d'avoir assez de barres.

J'entends une sirène hurler. Elle vient dans ma direction. Elle se dirige vers le miroir. Je tends la main pour l'attraper, mais une main saisit la mienne. Je crie. La sirène hurle.

"Rentre à l'intérieur. Tu es fou ? Montez !" dit l'ambulancier dans une langue que je ne connais pas et que je ne comprends pas. Heureusement, il y a des sous-titres.

J'hésite avant de monter à l'intérieur. Je dois trouver Darryl. Darryl est ici quelque part et notre bébé a besoin de son père. Darryl me cherche et nous le cherchons. Notre enfant est l'aimant. Le radar. Le GPS.

Je rejette la tête en arrière et je crie son nom haut et fort, "Darryl !". J'écoute et je crie à nouveau. J'appelle son nom et j'écoute. L'ambulancier dit que je suis fou et passe la marche arrière.

L'ambulance heurte le rétroviseur et une bombe explose. Des morceaux volent partout.

Il y a énormément de sang sur les morceaux de verre.

Je me réveille et je crie.

***

J'ai fait le même rêve toutes les nuits après la mort de Darryl. Je n'arrêtais pas de revivre ce qui s'était passé, même si je n'étais pas là. C'était une opération de routine dans le cadre de la Force de maintien de la paix des Nations Unies.

C'est un mécanisme d'adaptation, ce rêve, cette vie. J'essaie de retrouver l'homme que j'aime quand on l'a enterré. Les funérailles étaient magnifiques. J'étais si fière de Darryl. Il a sacrifié sa vie pour la cause et je le comprends. Je l'admire pour son dévouement parce que cela a fait de lui un homme meilleur.

Ils ont drapé le drapeau sur son cercueil. J'ai jeté deux poignées de terre dans le sol, puis je suis tombée à genoux en sanglotant. Ma mère et d'autres personnes, y compris mes amis, ont essayé de m'aider, mais je les ai repoussés en hurlant. Je voulais être seule avec Darryl. Je voulais lui parler du bébé.

Notre bébé.

Je ne partirai pas avant d'avoir eu la chance de lui dire au revoir. Je m'allonge à côté de la tombe ouverte, sur le ventre, en posant ma tête sur mes bras. Je lui dis combien je l'aimais et lui dis au revoir avant de lui envoyer un baiser et de me lever.

Maman était à mes côtés, ainsi que Moni. Chacune a pris un de mes bras et m'a remise sur pied. Nous nous sommes dirigées vers la voiture.

Sur le chemin du retour, j'ai senti la présence de Darryl. Ses bras m'entouraient. Les poils se sont dressés sur mes avant-bras, je pouvais le sentir. Je le sentais.

Puis, il n'était plus là.

Chez moi, à l'intérieur de la porte, une boîte de forme oblongue m'attendait avec un nœud au milieu. Je voulais demander ce qu'elle faisait là, mais le chagrin qui régnait dans la pièce m'a emportée. J'ai flotté d'une personne à l'autre, m'imprégnant de leurs "I'm so sorrys" et de leurs clichés "ça ira mieux avec le temps". Les conneries habituelles après un enterrement.

Après leur départ, je me suis sentie vide.

Maman m'a bordée dans mon lit, comme elle le faisait quand j'étais petite.

Après avoir fermé la porte derrière elle, j'ai levé mes poings serrés vers le ciel pour qu'il prenne Darryl.

Puis je suis tombée à genoux, reconnaissante pour notre bébé qui grandissait en moi.

***

Je me réveille en fixant l'espace vide à côté de moi, essuyant la bave aux coins de ma bouche. On sonne à la porte. Je rejette les couvertures et marche sur le sol. Avant même que je puisse sortir de notre chambre, ma mère de chambre vole vers moi, les bras grands ouverts.

Il faut que je lui demande de me rendre cette clé.

"J'étais si inquiète", dit-elle en me serrant dans ses bras et en me donnant l'impression d'être à nouveau une petite fille. Elle recule et regarde mon visage.

Je pousse mes cheveux derrière mon oreille gauche et j'essaie de sourire. Je me dirige vers la cuisine et, quand j'y arrive, je remplis la cafetière d'eau. J'ouvre le lave-vaisselle pour m'occuper pendant que la cafetière crache derrière moi. Maman ferme la porte du lave-vaisselle, appuie sur les boutons nécessaires et me fait reculer jusqu'à une chaise où elle ne me laisse pas d'autre choix que de m'asseoir.

Elle est à la place de Darryl et je ne suis à la place de personne. Lorsqu'elle s'en rend compte, elle s'installe dans le siège de l'autre personne. Elle se lève avant moi et verse le café. J'ajoute de la crème et du sucre au mien et je bois une gorgée. Une gorgée suffit. Je cours à la salle de bains. J'ai oublié que le café déclenchait des nausées matinales chez quelques-unes de mes amies.

Lorsque je reviens dans la cuisine, maman a préparé une tasse de thé décaféiné à la camomille. Elle est censée me calmer.

Je m'assois et je sirote la boisson chaude et amère en regardant ma mère se déplacer dans ma cuisine comme une personne en mission. "Je te prépare des toasts", dit-elle en les faisant surgir presque à l'improviste. Maman utilise le couteau pour réduire les croûtes en bouillie, un autre retour en arrière à l'époque où j'étais une petite fille. Elle étale ensuite le beurre et se retourne pour me regarder.

Maman ajoute de la confiture de fraises et va dans le réfrigérateur. Elle sort le bloc de fromage qu'elle râpe sur ma tartine. Elle le replace sur le grille-pain (avec le côté confiture et fromage vers le haut). Elle appuie sur le bouton pour laisser le pain grillé chauffer pendant quelques secondes.

C'est un autre rituel de mon enfance et je suis reconnaissante qu'elle soit là.

Maman coupe le pain grillé en triangles et je n'arrive pas à croire à quel point il a un goût merveilleux quand je le croque. Je mange les deux tranches, puis je bois encore un peu de thé, car il n'est plus aussi amer depuis qu'elle y a ajouté quelques gouttes de miel. Elle pense que je n'ai pas remarqué. Je prends la main de maman et lui dis encore une fois merci.

Le bébé n'a plus faim.

La mère de bébé n'est plus confortablement engourdie.

La grand-mère du bébé ne se sent plus inutile.

Maman fait la vaisselle, tout en bavardant de ceci et de cela. J'écoute sans apprécier ses efforts de distraction. Je la laisse croire que ses tactiques de distraction fonctionnent. Pour être honnête, je n'arrive pas à suivre sa ligne de pensée et son rythme. J'ai l'impression de l'écouter sous l'eau.

Elle rit. Je sursaute. Je suis de retour de l'endroit où mon esprit a voyagé. Je suis allée quelque part en un clin d'œil. Je me suis sentie partir.

J'étais une petite fille qui se cachait sous l'escalier. Puis j'ai monté les escaliers et je suis entrée dans le placard où il faisait très sombre. Les manches de la chemise de mon père bougeaient. Je suis partie en courant, trahissant ma cachette. Je me suis fait prendre.

"Je me souviens de l'époque", dit maman en me ramenant au présent. C'est comme si elle racontait l'histoire pour la première fois. "Tu avais l'habitude de cacher les croûtes quand tu étais petite fille. Avant que je ne commence à les écraser avec un couteau, nous les trouvions dans les poches, dans les jardinières. Ah, celles dans les jardinières. Elles absorbaient l'eau et tuaient certaines plantes avant que nous ne comprenions ce que tu faisais."

"Tuer les plantes", j'imite.

Elle s'approche de moi, s'agenouille et me demande : "Ça va, mon amour ?"

J'ai failli rire de sa question ridicule, mais je me rattrape avant de le faire, avant de dire : "NON, JE NE SUIS PAS TOUT A FAIT". Darryl. Jésus Darryl. Je repousse la chaise, créant un espace entre ma mère et moi, et je me lève. Je suis comme un zombie. Mais je n'ai pas besoin de me nourrir de chair humaine. Je veux Darryl. Je souris quand je répète besoin de se nourrir besoin de se nourrir besoin de se nourrir encore une fois dans ma tête.

Maintenant que je suis debout, je devrais bouger. Mes pieds veulent aller quelque part, n'importe où, et pourtant je me retrouve à faire exactement le contraire. Je me rassieds. Maman fait de même. Elle sirote sa tasse de café, probablement glacée à l'heure qu'il est.

Je me lève et je dis "Je suis fatiguée", même si je viens de me réveiller, je le sais. Elle le sait. Pourtant, je m'en fiche complètement. Je retourne dans notre chambre, ma chambre, ma mère me suit. Quand elle me rattrape, elle pose sa main droite sur ma hanche comme si elle avait besoin de me guider. Comme si je pouvais me perdre en chemin.

À la porte maintenant, je me retourne et lui fais face. Elle a des larmes dans les yeux, mais elles ne débordent pas. Elle sait ce que ça fait de perdre un mari parce qu'elle a perdu papa, mais ce n'est pas la même chose. Ils ont eu toute une vie ensemble. Ils se sont connus pendant trente-sept ans avant que papa ne meure. Nous n'avons été mariés que pendant deux ans et demi. Darryl ne verra jamais son fils ou sa fille. J'ai envie de dire cela, mais je ne le fais pas.

Je pense qu'elle sait ce que je pense, même si je n'en suis pas certaine. C'est l'osmose mère-fille. Elle m'embrasse sur le front en me bordant dans mon lit. Elle sort et ferme la porte derrière elle.

Je me lève à nouveau du lit, je vais vers le miroir et je me regarde. En quarante-huit heures, j'ai vieilli de dix ans. Bien que j'aie dormi pendant la plus grande partie de cette période, les poches sous mes yeux sont énormes. On dirait que j'ai pleuré pendant tout ce temps, mais en réalité, je n'ai déjà plus de larmes. Mon visage ne me ressemble plus. Je suis une étrangère, même pour moi-même.

Je fais couler un peu d'eau et m'en asperge le visage avant d'imbiber d'eau chaude un gant de toilette, celui de Darryl. Je le tiens sur moi pour le respirer.

Je trouve sa serviette de bain, me déshabille et l'enroule autour de moi. Elle m'enveloppe et me réchauffe comme si j'étais dans ses bras. Je reste assise ainsi pendant ce qui me semble être une éternité. Comme s'il me tenait dans ses bras. Aucune larme ne coule. Il n'y a plus de larmes à pleurer. C'est comme si Darryl nous enveloppait. Il nous tient ensemble, tous les trois, Darryl, le bébé et moi.

Le fait que maman frappe à la porte me ramène au présent. J'ai dû m'endormir. Je me lève trop vite quand la porte s'ouvre à toute volée. La serviette de Darryl tombe par terre.

Maman et la voisine entrent dans la pièce et j'attrape la serviette de Darryl à temps pour cacher ma nudité. Je commence à rire et je ne peux pas m'arrêter.

La mère et le voisin ont l'air inquiets. La voisine a les yeux exorbités. Bientôt, ils appelleront les hommes en veste blanche pour qu'ils viennent me chercher si je ne me ressaisis pas.

***

C'est le jour de mon mariage et je descends l'allée au bras de mon père dans une grande église. Je sais que je rêve parce que papa ne m'a jamais accompagnée à l'autel. Il était déjà mort quand Darryl et moi nous sommes mariés, et Darryl et moi ne nous sommes pas mariés dans une église. La chanson "Your Song" d'Elton John est notre chanson. Je veux dire que c'était la chanson de Darryl et la mienne. En fait, nous préférions la version d'Ewan McGregor car nous aimions Moulin Rouge.

Papa et moi saluons ceux que nous voyons en chemin. Grand-mère Eleanor, qui est morte depuis que je suis toute petite, me souffle un baiser. Je sors une fleur de mon bouquet. C'est de l'haleine de bébé, sa préférée. Je la lui donne.

Elle sourit et une larme coule sur sa joue.

De l'autre côté de l'allée, il y a ma cousine, Ruth. Elle et moi étions remarquablement proches lorsque nous étions enfants. Aujourd'hui, nous nous voyons rarement. Je m'attends à ce qu'elle pense exactement la même chose que moi en passant devant elle. Note à moi-même : invite-la à dîner un de ces jours.

Il y a les deux jeunes frères de Darryl, Dale et Donny. Leurs parents avaient une sorte de relation avec la lettre D. Note à moi-même : ne pas poursuivre cette tradition.

Je vois mon autre grand-mère, la mère de ma mère. Elle n'a pas assisté à notre mariage. Elle et sa mère se tiennent la main et je me détache de papa pendant quelques secondes pour aller les serrer toutes les deux dans mes bras. Mes genoux se dérobent un peu quand grand-mère tend la main, prend la mienne dans la sienne et y dépose quelque chose. Je referme instinctivement mes doigts autour de l'objet ; même si je ne vois pas ce que c'est, je sens qu'il s'agit d'une clé. Papa prend mon bras dans le sien et nous reprenons notre chemin vers l'allée.

Mes demoiselles d'honneur, Trish et Moni (diminutif de Monique) sont maintenant près de moi. Elles sont magnifiques dans leurs robes blanches anciennes, mais attends, c'est moi qui ai porté du blanc ancien.

Papa se tourne vers moi, retire ma main de son bras et l'enroule autour de celle de Darryl. Je me retourne pour regarder mon futur mari, mais ce n'est pas Darryl. Enfin, c'était Darryl, mais maintenant ce n'est plus lui. Il est mort. C'est un cadavre en décomposition.

Je hurle lorsque la bave verte s'écoule de ses lèvres lorsqu'il essaie de sourire. Je ne suis pas la seule à crier.

Tout le monde crie.

Tout hurle, même les machines.

J'ouvre ma main.

J'avale la clé.

Des morceaux de verre éclatent partout.

***

J'ouvre les yeux. Je ne suis pas chez moi, mais à l'hôpital. J'entends des tic-tac, des battements de cœur. Des bips. Des chuchotements. Je ferme à nouveau les yeux. Je fais semblant de dormir.

"Pas de changement".

"Je ne peux pas abandonner."

"Et le bébé ?"

Le bébé. Ces deux mots me ramènent à la réalité et je tente de m'asseoir pour découvrir que j'en suis incapable.

Lorsque je ne peux plus bouger mes bras ou mes jambes, je crie. Je m'agrippe à mon ventre, à mon bébé, à notre petit, et je découvre que le baby bump est plus gros maintenant. Combien de temps ai-je dormi ?

"Maman ?"

"Oh, chéri ! Chéri", dit-elle. "Tu vas aller bien", roucoule-t-elle mais je ne la crois pas. Pas un seul mot.

"Depuis combien de temps suis-je ici ?" Je demande, et ma tête est comme une chambre d'écho tant les mots se répercutent à l'intérieur de mon crâne.

Elle me prend dans ses bras et me serre au lieu de répondre. Quand je m'éloigne, elle tient ma tête dans sa main et me regarde dans les yeux comme si elle essayait de me trouver.

J'essaie de ne pas cligner des yeux mais je ne peux pas m'arrêter. Tu ne détestes pas ça quand ça arrive ? Dès que tu essaies de ne pas faire quelque chose, ton corps te trahit et te pousse à le faire encore plus.

Elle ne dit rien. Elle pense que je ne peux pas supporter la vérité. La voix de la vérité dans ma tête est celle de Jack Nicholson dans A Few Good Men. Darryl adorait ce film. Nous l'avons regardé tellement de fois que j'ai perdu le compte.

"Je veux savoir", je m'entends dire, mais vu la façon dont elle me regarde, je ne sais pas si je l'ai dit à voix haute ou dans ma tête. J'essaie à nouveau, cette fois un peu plus fort, et elle réagit.

"Laisse-moi faire", dit-elle, puis elle part, revenant dans quelques instants avec quelqu'un que je ne reconnais pas. Tous deux se déplacent dans la pièce comme s'ils bloquaient une scène pour une pièce de théâtre. Ils chuchotent, me regardent et chuchotent encore.

C'est vraiment impoli.

J'attends, comme si j'étais invisible, et j'essaie de ne pas exploser.

L'inconnu me plante une aiguille dans le bras et je m'en vais en pensant que le personnel hospitalier en tenue de ville devrait être interdit.

Je rêve à nouveau que je marche dans la rue, à la recherche de Darryl, pendant que les bombes explosent.

***

La bosse sur moi est encore plus grosse maintenant. En fait, elle est nettement plus grosse. Quand le bébé bouge, je vois des morceaux de lui ou d'elle à travers ma peau. Des membres qui font des empreintes comme le fait de me retourner à l'envers lorsque notre enfant pousse contre les parois de mon estomac.

Je ne suis plus à l'hôpital. Je suis chez moi, assise dans une chambre d'enfant, me balançant dans un fauteuil d'allaitement qui ne se balance pas au sens habituel du terme. Au lieu de cela, il glisse.

Des moutons endormis avec des zzzs entourant leur tête sont alignés sur les murs et attendent d'être comptés. Je commence à compter, puis je souris en regardant le berceau. Le temps s'arrête, il le faut, car il ne se passe rien ici, aujourd'hui, maintenant.

Je me lève de la chaise, à moitié réveillée et à moitié endormie. Je touche le mobile et il se met à carillonner Frère Jacques. Je chante en même temps que je ramasse une couverture avec un mouton dessus.

Je plie la couverture de plus en plus petit, jusqu'à ce qu'elle ne forme plus qu'un minuscule carré. Ensuite, je la replace dans le berceau et je m'aperçois dans le miroir du coin.

Une partie du miroir est visible et une autre partie ne l'est pas car quelque chose le recouvre. Je m'approche, je soulève le cache-poussière pour révéler un trésor qui se trouve dans ma famille depuis des dizaines d'années. Un héritage familial transmis par la mère de la mère de la mère de ma mère.

Le cadre est froid au toucher lorsque je passe mes doigts dessus. Il est en bois et gravé de paires de mains entrelacées. Les empreintes des doigts entrelacés sont encore plus froides au toucher. Je rapproche mon corps jusqu'à ce que mon baby bump pousse contre la vitre. Il ne la touche pas. Il la traverse. Au fur et à mesure que je me rapproche, mon baby bump disparaît à l'intérieur.

Je recule d'un pas et mon baby bump se déconnecte avec un bruit de succion. Mon bébé donne des coups de pied et recommence à donner des coups de pied alors que je m'éloigne du miroir et que je retourne à la chaise dans laquelle j'avais commencé. Alors que je m'assois, le mobile redémarre et nous commençons à glisser en accord avec lui.

Mon bébé se calme et nous dormons.

***

"Réveille-toi Cath", dit Darryl.

Je roule vers lui et me blottis contre lui. Le bébé se cogne entre nous. Nous ne pouvons pas être aussi proches l'un de l'autre qu'avant, mais nous sommes plus proches à bien d'autres niveaux.

Le réveil sonne et je me blottis contre l'oreiller de Darryl, pas contre lui. Mon bébé donne des coups de pied et je sors du lit pour déambuler dans le couloir, à moitié réveillée, jusqu'à la salle de bains où je vais aux toilettes. J'ouvre l'eau, je me mets sous la douche et je laisse l'eau couler sur moi.

Mon bébé adore l'eau et nous restons là jusqu'à ce que l'eau chaude s'épuise et se transforme en eau froide. J'ai faim maintenant, je mets ma robe de chambre et je descends au moment où maman entre par la porte d'entrée. Elle a dû sonner pendant que j'étais sous la douche. Note à moi-même : demande à maman de me rendre la clé.

"J'ai apporté des cadeaux", dit-elle. Elle déverse une boîte entière de beignets glacés sur la table ; les beignets sont encore chauds et sentent le paradis. J'en mets un dans ma bouche et elle en met un dans la sienne. Nous nous serrons l'une contre l'autre et prenons un deuxième beignet avant de décider de faire une tasse de thé.

Mon bébé donne un coup de pied de remerciement et maman le sent elle-même. "Oh", dis-je, alors que le bébé fait encore plus sentir sa présence en faisant ce qui ressemble à un saut périlleux à l'intérieur de moi.

"Tu vas bien ?" Maman demande.

"Il est heureux", dis-je.

Maman remarque que j'ai dit "il". Elle n'en parle pas. Au lieu de cela, elle me raconte les derniers potins.

Je l'écoute par politesse, et non parce que je m'intéresse aux événements locaux. Avant, je dis bien avant de rencontrer Darryl, j'ai contribué en sautant dans le train des ragots. Parfois, j'étais même le chef de train sans le chapeau. Parfois, j'étais le wagon de queue. D'une manière ou d'une autre, j'étais toujours dans le train. Je laissais les marchands de ragots m'entraîner dans le train.

"As-tu vu la chambre d'enfant ?" Je lui demande d'un air entendu, alors qu'elle est en pleine phrase de bavardage.

Elle me regarde comme si j'étais une étrangère. "Tu es sûre que ça va ?" demande-t-elle, un gros froncement de sourcils bordant son front en forme de point d'interrogation horizontal.

Je réalise que j'ai dit quelque chose de bizarre, peut-être même de stupide. Je ne sais pas ce que c'est. "Je vais bien", dis-je en essayant de la rassurer.

Je me lève, espérant qu'elle fera de même, mais elle ne le fait pas. Au lieu de cela, elle retire un autre beignet de la boîte et en prend une bouchée.

Mon bébé me donne un grand coup de pied. Comme s'il voulait un autre beignet. J'ai envie de faire pipi et je le dis. Maman me suit dans le couloir.

"Je te retrouve dans la chambre d'enfant", dis-je.

"D'accord", répond maman.

Quand je la rejoins dans la chambre d'enfant, maman se tient devant le miroir. Je la rejoins, me tenant à ses côtés et m'approche de plus en plus de la vitre. Je fais un test pour voir si le bébé va passer à travers, comme il l'a fait hier, mais ce n'est pas le cas. Pas d'ondulation. Pas de connexion. Est-ce que j'ai rêvé ?

Alors que je me détourne, le mobile se met à jouer Frere Jacques tout seul.

"Je l'ai rembobiné, Cath, dit-elle, nous avons fait un merveilleux travail de décoration, n'est-ce pas ? Je suis si contente."

Je ne me souviens pas d'avoir décoré et je ne veux pas l'admettre. Comment ai-je pu oublier une telle chose ?

"Ton arrière-arrière-arrière-grand-mère serait très contente. Je suis heureuse que le miroir t'appartienne maintenant."

Le monde commence à tourner et à s'estomper. J'avance et je manque de basculer. Maman me rattrape et me plie dans le fauteuil où je glisse d'avant en arrière d'avant en arrière.

"Le miroir ne t'appartient pas à juste titre ?" Je demande.

"Oui, mais cela ne me dérange pas. Il est parfait dans cette pièce."

En pensant au miroir, je m'endors. Maman est partie. Il fait sombre ici, à l'exception d'une lumière qui vacille dans le coin, un peu à l'écart du miroir.

Le bébé donne des coups de pied. Il est agité. Je me lève et je me dirige vers le miroir. Au fur et à mesure que nous nous rapprochons, la lumière s'éclaircit. Mon bébé donne des coups de pied et se déplace. Je retire la couverture et je regarde le reflet de ma bosse de bébé, en me rapprochant de plus en plus. Le bébé donne un coup de pied au but.

Mon baby bump se cogne contre le miroir. Le bébé donne un nouveau coup de pied, réduisant l'écart entre la bosse et la vitre. Lorsque les deux se connectent, ma bosse de bébé disparaît à l'intérieur. Il y a une traction qui nous attire à l'intérieur.

Je me tiens maintenant le nez contre la vitre. Je m'enfonce davantage jusqu'à ce que tout mon visage soit à l'intérieur. Ma tête suit. Mon bébé roule dans le reflet.

Une forte rafale de vent se lève quelque part derrière nous et nous pousse encore plus à l'intérieur. Je suis maintenant suffisamment à l'intérieur pour remarquer la différence dans l'air. L'automne. Les feuilles. C'était le printemps là où nous étions et l'automne ici. Comment est-ce possible ?

Je pouvais sentir et ressentir l'air frais, qui fouettait autour de nous, nous accueillant. Une brise murmure sur ma peau comme un toucher.

Mon bébé pousse en avant et en arrière, cherchant le confort de l'autre côté. Le confort à l'intérieur du monde de verre. Je caresse mon baby bump pour me rassurer et mon bébé pousse en arrière pour faire de même avec moi.

C'est magnifique. Je suis au milieu d'une forêt. Non, je suis sur une plage avec du sable, du sable blanc pur et des vagues qui s'écrasent et se brisent sur le rivage.

Non, je suis près de montagnes, de hautes montagnes avec des chemins qui serpentent autour d'elles. C'est une multitude de mondes qui s'entremêlent. J'entends des oiseaux chanter. Il y a des corbeaux, des corneilles, des geais bleus, des flamants roses, des kookaburras, des whinchats, des moineaux, des oiseaux moqueurs et des mouettes. Je peux goûter le sel de l'océan sur ma langue.

J'appelle "Bonjour" et ma voix se répercute autour de moi, autour de moi et autour de moi. Mon bébé danse sur l'écho, me chatouille, me fait rire. Je ressens la paix, pure et douce. Joyeuse. Je suis chez moi.

De l'autre côté, derrière moi, quelque chose me tire en arrière. Je ne veux pas partir. Mon bébé ne veut pas partir, mais quelque chose m'attrape. Il nous arrache de là. En arrière.

"Mais qu'est-ce que tu fais ?", crie quelqu'un. Sa voix est hésitante, déformée.

J'entends les mots, mais la voix semble être à l'intérieur d'un nuage.

***

Dès que nous sommes de retour, nous voulons repartir. Nous voulons être là, exister là. Seulement là et nulle part ailleurs.

C'est Moni et elle est très fâchée contre moi. "À quoi pensais-tu ?"

Je ne dis rien en jetant un coup d'œil au miroir.

"Ne fais pas l'innocente avec moi", dit Moni. "Tu étais en train de voyager. Je veux dire dans une autre dimension, n'est-ce pas ?"

"En voyage ?" Je mime. Je réfléchis une seconde, à quel point j'ai dû avoir l'air folle et je dis : "Je regardais mon reflet, notre reflet. Le bébé et moi."

"La plus grande partie de toi avait disparu !" Moni hurle.
"DISPARUE !"

Je ris, en essayant de faire comme si elle n'avait pas vu ce qu'elle
avait vu. J'essaie de lui faire sentir qu'elle est folle. Au lieu de moi.
J'étais là. J'avais vu un autre monde. Je traverse la pièce, m'éloignant
du miroir, fais demi-tour et me dirige vers le miroir. Je forme un
poing et le pose juste contre la vitre, en espérant que rien ne se passe
et ce n'est pas le cas.

Moni me suit et fait la même chose. Ensuite, nous nous
retrouvons face à face et nous éclatons de rire. Nous devions avoir
l'air folles. Folles. Ridicules.

Le bébé donne des coups de pied.

Très vite, nous sommes en bas. Moni dit que ma mère a dû partir
et que c'est pour cela qu'elle est venue.

"Je n'ai pas besoin de baby-sitting."

"Cela fait six mois", dit Moni, "que Darryl est mort, et nous
sommes tous inquiets pour toi et le bébé".

"Le bébé et moi allons bien", dis-je. "Il nous manque encore tous
les jours, mais c'est de plus en plus facile". C'était un mensonge.

"Je sais ce que nous devrions faire demain", dit Moni. "Allons à
la plage".

Ça a l'air sympa et je suis d'accord. Mais je n'ai pas l'intention de
porter un maillot de bain.

***

Nous arrivons à la plage avec un panier de pique-nique rempli de repas et de toutes sortes de friandises. Nous enlevons nos chaussures et laissons le sable s'écraser entre nos orteils, même s'il est loin d'être chaud.

"Darryl et moi adorions venir ici en été".

"Il est avec nous ici maintenant et pour toujours", dit Moni.

Moni a raison, mais cela ne m'empêche pas de le regretter. Je veux plus que ses souvenirs. Je veux qu'il soit là, avec ses bras autour de moi.

"Ses bras me manquent, le fait qu'il me tienne, son souffle. Tout ce qui le concerne me manque chaque jour."

Moni passe son bras autour de mon épaule.

"Le plus dur, c'est que, poursuis-je, Darryl ne connaîtra jamais notre bébé et notre bébé ne connaîtra jamais Darryl."

"Tu ne sais pas ce que l'avenir te réserve", dit Moni.

Je sais où elle veut en venir. Elle suggère que je rencontre quelqu'un d'autre. L'idée ne vaut pas la peine d'être envisagée. Je porte le bébé de Darryl, pour l'amour du ciel.

"Je ne veux personne d'autre. Personne ne pourra jamais remplacer Darryl ou ce que nous avions ensemble. De plus, mon cœur est trop brisé. Je n'aimerai jamais personne d'autre. Mon cœur appartient à Darryl et à Darryl seulement."

"Ne dis pas ça. Tu ne sais pas ce que l'avenir peut te réserver. L'amour peut arriver plus d'une fois. Regarde ma mère. Je veux dire, papa est mort, elle a épousé mon beau-père et a trouvé l'amour la deuxième fois. Ce n'est pas la même chose. Ce ne sera jamais la même chose que ton premier amour, mais ça peut toujours être de l'amour. Il peut être suffisant. Il faut être ouvert à cela. Ils sont heureux et tu pourrais l'être aussi avec le temps", dit Moni.

Je me lance dans un sprint, autant qu'une femme enceinte de huit mois peut le faire, et j'entre dans l'eau. La température est froide mais rafraîchissante, et j'aime sentir la fraîcheur sur ma peau.

Moni se glisse à côté de moi.

"Ce bébé adore l'eau".

Moni pose sa main sur mon ventre et le bébé donne des coups de pied. "C'est sûr qu'il aime l'eau", dit-elle.

Nous nous mettons dans l'eau jusqu'aux genoux et nous laissons les vagues nous envahir. Le bébé adore ça et fait quelques sauts périlleux.

"Tu vas m'en parler ?" demande Moni.

"Je ne suis pas sûre de ce que tu veux dire", réponds-je.

"Je veux parler de l'histoire du miroir, de ce que vous faisiez ? Tu voyageais ? Tu faisais le tour du monde ?"

Je réfléchis et décide qu'elle a raison. Je veux dire qu'à travers le miroir, mon bébé et moi avions en quelque sorte voyagé dans un autre endroit. Une autre dimension. La musique de La Quatrième Dimension résonne dans ma tête.

"Et qu'est-ce que tu en sais ?" Je demande.

"Je regarde des films, je lis des livres. Il y a même des voyages dans Alice au pays des merveilles Quand je suis entré, la majeure partie de toi avait disparu et il était évident que c'était dans le miroir. Tu étais dans le miroir. Alors, qu'est-ce que tu as vu ? Ou as-tu vu quelque chose ?"

"Je ne suis pas sûre de vouloir en parler", dis-je parce que c'est un secret. Je veux le garder près de ma poitrine pour l'instant. J'ai l'impression que si je l'admets à voix haute, il pourrait disparaître. Je savais que ça avait l'air idiot, mais tout cela avait été si étrange et ça ne m'était arrivé qu'une seule fois. Deux fois pour le bébé, mais une fois pour moi. Je veux être là et le refaire avant d'en parler à quelqu'un d'autre.

"Promets-moi une chose", dit Moni alors que nous regardons le soleil se coucher sur le chemin du retour. "Promets-moi de ne pas y aller seule. Je veux dire, sans quelqu'un de ce côté-ci pour te tirer d'affaire."

Je hoche la tête en guise de promesse, mais je ne suis pas sûre d'avoir l'intention de la tenir.

"J'aimerais rester chez toi ce soir, pour te tenir compagnie", dit Moni.

Je dis que c'est bien parce que je suis trop fatiguée pour faire autre chose que dormir, épuisée par l'air frais de la mer. Mon bébé ne bouge même pas à l'intérieur de moi.

Je me mets en pyjama et je m'endors tout de suite. Je rêve de Darryl, je le cherche, je regarde en haut, en bas et partout. Je marche, je marche, j'ai des ampoules aux pieds et je saigne, mais toujours pas de Darryl. De temps en temps, je croise quelqu'un ou quelque chose comme un épouvantail dans un champ. Je lui demande s'il a vu Darryl et, comme dans Le Magicien d'Oz, il m'indique toutes les directions. Il est d'une grande aide.

Je demande aussi à une femme bizarre et barbue qui travaille dans un cirque si elle a vu Darryl. Elle rit et rit et rit.

Il n'est nulle part, alors je me réveille et j'allume mon ordinateur portable. Je passe la soirée à regarder des photos de nous. De notre vie.

Quand nous étions ensemble, tu pouvais voir l'amour tout autour de nous. Je sais que ça a l'air d'un cliché stupide, mais c'était là, surtout quand Darryl me regardait ou quand je le regardais. Nous nous aimions d'un amour qui n'existerait plus jamais dans un monde où nous serions séparés.

Alors que je cherche seule dans le passé, j'ai l'impression que lui, le bébé et moi sommes ensemble en train de regarder les photos. Le bébé est sur mes genoux. Darryl est derrière moi, il regarde par-dessus mon épaule pendant que je passe d'une page à l'autre.

Le soleil se lève et apporte un nouveau jour quand je termine.

Épuisée, je retourne me coucher.

***

"Cath. Cath ! CATH !"

Qu'est-ce que c'est ? Arrête. Je veux continuer à rêver.

"CATH !!!"

Je me rends compte que j'entends la voix de Darryl. Quoi ? je me réveille en me secouant. J'écoute et je l'entends à nouveau.

"Cath."

"Darryl ?

Je rejette les couvertures et ouvre la porte de la chambre. Maintenant que j'ai répondu, il murmure mon nom encore et encore.

Je me retrouve dans la chambre du bébé où je reste immobile et j'écoute. Je frissonne comme si une brise m'avait traversée. Puis j'attrape la couverture qui se trouve dans le berceau et l'enroule autour de mes épaules. Le bébé est silencieux, comme s'il ne s'était pas encore réveillé.

"Cath."

Je regarde la fenêtre. Le vent la fait cliquer et claquer, puis la pousse à fond. L'automne frais met ses bras autour de moi, me tient tout en me poussant.

"Cath."

Je me tourne vers l'endroit d'où vient la voix. Le miroir. Mon bébé se réveille et me donne un violent coup de pied. Je me mets au garde-à-vous et me dirige vers le miroir. Le cadre en bois des mains a bougé, s'est tordu, s'est déplacé. Le verre à l'intérieur du cadre brille et tremble. C'est comme si un nuage était entré dans la chambre d'enfant et passait dans et à travers le verre. Je m'approche. Je lève la main et place ma paume contre la surface.

*MIROIR, TU ME REFLÈTES

AVEC REDONDANCE.

Un poème que j'ai lu au lycée envahit mes pensées. Il surgit dans ma tête alors que ma main perce la surface et disparaît à l'intérieur du verre.

Plus loin, toujours en train de combler l'écart. La voilà. Une autre main qui appuie sur la mienne. La main de Darryl. La main de Darryl ?

Oui. Confirmé lorsque le nuage dans le miroir s'éclaircit. Nous nous touchons paume contre paume.

Effrayée, je recule et retire aussi ma main. Le bébé donne des coups de pied et je touche ma paume contre lui. Le nuage recule pendant que je réconforte le bébé et que Darryl disparaît.

Je veux le détruire.

Je veux être dedans.

Est-ce que j'ai tout imaginé ? Est-ce que j'étais folle ?

Je suis folle.

"Cath. Reviens. S'il te plaît."

Je caresse notre bébé d'une main, puis une main passe, de notre côté, et me prend la main. C'est la main de Darryl. Il est là, il réconforte notre bébé. D'une façon ou d'une autre. D'une certaine façon. Mon amour.

"Darryl.

Son autre main, celle qui porte son alliance, passe à travers le miroir de notre côté. Nous tombons en lui, dans son étreinte, dans le miroir.

"Oh Cath."

Ses mains me font frissonner lorsqu'il les passe sur le bébé. Le bébé se tourne vers lui et nous sommes à moitié dedans et à moitié dehors.

"Il est magnifique", dit Darryl. "Comme sa mère."

"Nous ne savons pas si c'est un homme ou une femme", dis-je en le regardant dans ses yeux bleus.

"C'est un homme, sans aucun doute", dit Darryl. "Il est fort et en bonne santé."

En réponse à la voix de son père, le bébé donne des coups de pied et roule.

"Reste tranquille", dis-je en me calant davantage dans le miroir. Le bébé est presque entièrement passé, mais je ne suis pas à travers la vitre. Je peux toujours me retirer si j'en ai besoin. Je ne sais pas trop pourquoi je me sens inquiète. Après tout, c'est Darryl. Comme il m'a manqué. Pourtant, une partie de moi reste ancrée de l'autre côté.

"Darryl, voici ton fils. Mon fils, voici ton papa", dis-je alors que les larmes coulent sur mes joues comme des cascades. Pas des petites larmes de femme menue, mais de grosses larmes pulpeuses de pluie. Je sanglote.

Darryl m'embrasse sur les lèvres. Il a un goût d'automne, mais chaud et frais à la fois. Puis il se penche et embrasse notre bébé.

"Fiston, il faut que tu t'occupes de ta maman pour moi ok je suis tellement fier de toi et de ce que tu seras un jour. Je t'aime. Je vous aime tous les deux."

Je nous pousse, nous fait avancer un peu plus. J'envisage d'aller jusqu'au bout, mais quelque chose, un sentiment me retient. Je veux être là. Je veux aller jusqu'au bout et être avec Darryl, où qu'il soit. Je veux que nous soyons tous les trois ensemble, pour toujours. Déterminée, j'essaie de pousser et de pousser. Je veux que nous allions jusqu'au bout.

"Non", supplie Darryl. "N'essaie même pas. C'est ce que nous avons maintenant. Profitons-en tant que nous le pouvons. Il ne pardonne pas."

"Je te veux. Je veux que nous soyons tous les trois ensemble. Toujours."

"Nous n'avons que ce qu'il nous donnera", dit Darryl. "Le temps est un ami ou un ennemi inconstant. Nous ne savons jamais ce qui viendra et ce qui partira."

"Tu es un poète et je ne le savais même pas", dis-je en ricanant.

Une forte brise souffle et Darryl recule. Loin.

"Vas-y maintenant", me demande-t-il avec insistance.

"Non ! Où vas-tu Darryl ?" Je m'écrie. "Reviens. S'il te plaît, ne me laisse pas. Ne nous laisse pas encore une fois."

"J'essaierai de revenir, de te revoir dès que je le pourrai. Si je le peux. Pars maintenant. D'une manière ou d'une autre. Souviens-toi toujours de moi. Je te chérirai toujours. Crois en moi et alors il se peut que nous essayions de nous rencontrer une fois de plus."

Le vent souffle dans un énorme nuage. Il nous empêche de voir Darryl. Le nuage était blanc et bouffi avant, mais maintenant il est noir et plein de colère.

Je nous fais reculer.

Ce faisant, mes genoux se dérobent.

Je me laisse tomber sur le sol et je sanglote.

J'ai l'impression d'avoir perdu Darryl une fois de plus.

Mais cette fois, je pleure pour deux. Je pleure pour deux.

***

"Cath, tu vas bien ?"

Je me réveille et me souviens, mais ce n'est que ma mère. Elle essaie de me soulever du sol, mais je suis trop lourde.

"J'ai appelé une ambulance", dit-elle alors que j'essaie de me hisser et que je n'y arrive pas.

"Je veux aller me coucher", dis-je en me retenant de pleurer à nouveau.

L'ambulance arrive et ils montent les escaliers en courant. Ils testent mes signes vitaux et ceux du bébé, et une fois qu'ils ont confirmé que tout allait bien, ils m'aident à me mettre au lit.

Maman s'agite et pour qu'elle se sente mieux, je lui dis : "Il va bien, et je vais bien."

Elle s'arrête dans son élan. "Je n'avais pas réalisé que tu avais déjà demandé à connaître le sexe du bébé".

"Euh, je ne l'ai pas fait", dis-je, "c'est un sentiment que j'ai, qu'il est un il".

Le mensonge semble faire l'affaire. Je feins d'être plus fatiguée que je ne le suis en réalité. Le bébé semble dormir lui aussi. Après m'avoir embrassé sur le front, maman sort et ferme la porte derrière elle.

Je reste éveillée pendant des heures, pensant à Darryl et me demandant quand nous pourrons nous voir, nous toucher à nouveau.

***

Chaque jour qui suit notre visite à Darryl, j'ai envie d'y retourner.

J'écris exactement ce qui se passe. Il est logique de tenir un registre. C'est la seule façon de m'assurer que mon cerveau de femme enceinte gardera mes souvenirs intacts. Le fait de tout écrire, d'en faire une obsession, nous a permis de vivre la même journée encore et encore. C'est comme notre propre version du film Le jour de la marmotte, mais cette fois, je suis Bill Murray.

Darryl avait dit que c'était "impitoyable". Est-ce qu'il parlait du temps ?

Je demande à Moni ce qu'elle en pense. Elle trouve cela plutôt étrange aussi.

Nous commençons à travailler ensemble, à faire des recherches sur les événements surnaturels. Nous recherchons des événements liés au voyage dans les miroirs en ligne.

Nous trouvons des articles intrigants sur les univers parallèles. Certains parlent des miroirs comme de points d'entrée. La recherche parle de choses comme les réalités virtuelles et les séparations dimensionnelles. Il y est également question de portes dimensionnelles et d'occultisme. En dehors des romans de fiction, nous ne trouvons pas de preuve réelle, bien que nous trouvions quelques affirmations.

Nous trouvons quelques listes de choses que tu ne dois jamais faire avec les miroirs, comme par exemple :

Ne te regarde jamais dans un miroir à la lumière d'une bougie, il pourrait te montrer une version très hantée de ta maison.

Si tu fixes un miroir entre deux grandes bougies blanches, tu pourrais voir l'esprit d'un être cher qui est décédé. Leur âme peut être coincée dans ton miroir.

Celle-là m'a fait bondir le cœur.

L'âme de Darryl était-elle coincée là ? Cela ne semblait pas être un endroit mauvais ou effrayant, mais il avait mentionné le fait de ne pas pardonner.

Je frissonne et passe au point suivant.

Couvre toujours un miroir hanté pendant un orage. Les éclairs libéreront les fantômes.

Je raconte à Moni que lorsque je suis entrée pour la première fois dans la pièce, le miroir était partiellement recouvert. Je me serre contre moi et je frissonne à nouveau.

"Tout d'abord, dit Moni, il est plus que probable que ta maman l'ait mis là pour qu'il ne soit pas par terre. Ce n'est rien. Une coïncidence." Elle me regarde. "Es-tu sûre de vouloir continuer avec ça ?"

Je hoche la tête et je lis la suivante.

Recevoir en cadeau un miroir provenant de la maison d'une personne décédée est un mauvais présage.

"Oh mon Dieu !" Je hurle et enfonce mon poing dans ma bouche. Je ne veux pas effrayer le bébé, mais le miroir est dans notre famille après un décès depuis des siècles. Pas comme un cadeau avec un nœud dessus, mais comme un cadeau et un héritage familial.

Je ne sais pas exactement qui possédait le miroir avant qu'il n'entre dans notre famille. Il faut que j'en sache plus à son sujet.

J'explique cela à Moni qui frissonne un peu elle-même avant de lire la suite.

Si quelqu'un voit son reflet dans un miroir dans une pièce où quelqu'un est mort récemment, il mourra bientôt.

"Ouf, on est d'accord sur le premier", dit-elle avant de me regarder pour confirmer, ce que je fais d'un hochement de tête.

Je lis la suivante.

Si un fantôme erre chez toi pendant la nuit, un miroir peut le capturer.

Ça, c'est flippant. Aucun de nous ne dit rien à ce sujet.

Le bébé bouge.

Je fais défiler l'article. Il y a des preuves scientifiques. Il mentionne les miroirs quantiques et les miroirs multivers comme des passerelles vers d'autres mondes.

"Nous devons en savoir plus. Je dois en savoir plus sur ce miroir et sur la façon dont il est arrivé dans ma famille. D'où vient-il ? Qui nous l'a donné et quand ?" Je dis cela en tremblant.

"Comment allons-nous faire cela ?" Moni demande, et nous restons toutes les deux à contempler cela, seules mais ensemble, pendant un bon moment.

Les jours et les semaines s'écoulent. Moni et moi poursuivons nos recherches dès que nous en avons le temps.

Nous suivons le concept de voyage à travers les miroirs. Ce concept remonte aux civilisations anciennes.

Nous examinons notre miroir de haut en bas, dans l'espoir d'y trouver une marque de fabricant. Mais rien n'y fait.

Le bébé devant naître dans une semaine - à quelques jours près -oni et moi sommes assises ensemble dans ma cuisine. Je peux voir à la façon dont elle commence et s'arrête sans cesse qu'elle a quelque chose d'important à l'esprit.

"Tu pourrais penser que c'est un peu fou".

"Dis-moi", dis-je.

Le bébé donne des coups de pied. Je lui caresse le pied.

"Je te préviens", dit Moni. "C'est dehors."

"Continue."

"Ok, voilà. En ligne, j'ai trouvé une femme qui est médium et voyante. Elle a une réputation exceptionnellement bonne, voire excellente. Elle apporte des résultats aux affaires dans lesquelles elle choisit de s'impliquer."

Je me penche plus près.

"Tante Maria fait des lectures de cartes comme passe-temps. Elle s'est renseignée sur la femme dont je te parle. Elle n'a trouvé que des choses positives à son sujet."

"Une voyante, hein ?" Je dis. Je ne comprends pas le charabia des médiums. Par contre, je connais ce type qui est passé à la télévision, John quelqu'un. Edwards. Je prononce son nom à voix haute.

"Oui", dit Moni.

"Tu veux dire que la médium va contacter Darryl ?"

Moni acquiesce.

"Mais j'ai pu le contacter toute seule. Je ne sais pas ce qu'elle pourrait faire pour nous aider, puisque nous y sommes déjà allés tout seuls."

"Nous devrions essayer. Nous avons besoin d'elle. Pas pour Darryl, mais pour le miroir", dit Moni. "S'il s'agit bien d'un miroir de voyage. Tu dis que c'est le cas parce que tu as voyagé dedans. Nous devons en savoir plus. Elle pourrait le tester. Les médiums font des tests, je veux dire."

"Oh", dis-je, et je suis plus intéressée maintenant que je ne l'étais auparavant. Je me penche un peu plus près.

"Je lui ai un peu expliqué ce qui s'est passé sans entrer dans trop de détails. Elle s'appelle Anna August et elle veut absolument te rencontrer et voir la chambre et le miroir. J'aimerais être là aussi, pour te soutenir moralement. Enfin, si tu veux que je sois là."

"Tu dois être ici avec moi", dis-je et le bébé donne un coup de pied pour enregistrer son vote. Je me dirige vers la fontaine à eau et me verse un verre de liquide frais. "Combien demande-t-elle pour une visite ?" Je dis après quelques gorgées.

"Cinq cents."

Je m'assois et appuie le verre frais contre mon front.

"Je sais que c'est beaucoup demander", poursuit Moni, "et j'aimerais l'offrir en cadeau".

"C'est gentil de ta part", dis-je. "Mais si toi et moi on faisait moitié-moitié, la moitié étant un cadeau de ta part, alors ce serait merveilleux. Comment fait-elle pour collecter l'argent ? Je veux dire, à l'avance ?"

Moni m'explique comment ça marche. Nous devons envoyer immédiatement un acompte de dix pour cent en signe de bonne foi. Anna nous enverrait un reçu, conviendrait d'une date et d'une heure pour effectuer une visite en personne. À la date convenue, le solde serait dû à l'arrivée.

"À l'arrivée ?" Je dis. Ça me semble un peu culotté de demander de l'argent d'avance comme ça, mais bon, qui connaissait le protocole des médiums ?

Moni se procure un verre de jus d'orange dans le réfrigérateur et le boit longuement. "D'après leur site Internet, la livraison se fait en entrant dans la maison de leur client, c'est-à-dire toi."

"Oh, elle ne promet rien en retour alors ?"

"Euh, non", confirme Moni. "Mais j'ai l'impression que c'est la norme dans le monde des médiums. Quand elle accepte de s'occuper de ton cas, elle s'engage pleinement. Elle veut s'assurer que ses clients le sont aussi. Elle a le droit de choisir qui elle veut aider. En disant à ses nouveaux clients qu'elle veut un acompte et le solde à l'avance, elle pourra éliminer les tarés."

Je ris, me demandant si elle penserait que je suis une cinglée même si je payais à l'avance. "Est-ce qu'elle, est-ce qu'Anna est du coin ?"

"Non, elle n'est pas d'ici, mais elle savait où tu vivais. Je veux dire avant que je ne lui donne ton adresse. Elle m'a dit qu'elle ressentait une étrange perturbation dans cette région depuis quelques mois. En fait, c'était tellement fort qu'elle a envisagé d'enquêter elle-même."

Cela semble intéressant et tiré par les cheveux à la fois. "Tu veux dire qu'elle a eu une prémonition ?"

"C'est ce que je me suis demandé aussi, mais elle a dit que non. Même s'il lui arrive souvent d'en avoir. Dans ce cas, elle a ressenti une perturbation psychique. Quelque chose s'est précipité sur elle. Ses cheveux se sont hérissés. Ce genre de choses."

Regarder un film d'horreur me fait ressentir cela, mais je ne le dis pas. Au lieu de cela, j'accepte d'envoyer l'acompte et de lui verser la totalité de la somme à l'arrivée. "Nous devons en savoir plus, et nous n'avons pas beaucoup d'options."

"Il y a plein d'autres options, dit Moni, mais Anna a pignon sur rue. Je vais faire en sorte que cela se fasse le plus vite possible."

***

Le 3 mai, à 15 heures, la célèbre voyante et médium Anna August arrive chez moi. Moni et moi nous cachons derrière les rideaux. Nous la regardons sortir de son véhicule dans mon allée. Nous sommes toutes les deux très curieuses et nous voulons la vérifier avant de la rencontrer en chair et en os.

Depuis quelques semaines, nous sommes obsédées par Anna. Parallèlement, je suis devenu obsédé par le miroir depuis qu'Anna m'a dit de m'en éloigner. Je ne lui avais pas parlé, mais elle a insisté pour que Moni me transmette le message urgent.

Le message était que si j'entrais à nouveau, elle le saurait. Notre arrangement serait annulé. Et que le paiement intégral serait exigé de toute façon.

Ce serait de l'argent facile pour elle si j'ignorais l'avertissement. Elle serait payée sans même avoir franchi mon seuil. Ses paroles m'ont suffisamment effrayée pour que je verrouille la porte de la chambre d'enfant. Juste au cas où.

Anna a une soixantaine d'années et c'est une belle femme. Elle n'est pas jolie, elle est belle. Ce n'est pas une insulte. C'est la façon dont elle nous apparaît à tous les deux. Elle est très grande, près de sept pieds, et comme elle porte ses cheveux en chignon sur le dessus. Cela ajoute encore à sa taille.

Elle porte un pardessus à col montant, rouge sang, avec des boutons noirs en forme de cœur. À ses pieds, d'épaisses chaussures compensées noires. Sur son visage, la moindre touche de mascara, du rouge à lèvres et rien de plus. Les cheveux noirs foncés derrière son oreille gauche ont révélé une boucle d'oreille noire en forme de cœur. Parfaitement assortie aux boutons de son manteau.

Anna se dirige vers la porte d'entrée avec un puissant sentiment de détermination et de but. Elle vacille un peu sur ses chaussures compensées et nous gloussons. Quand Anna nous aperçoit, elle nous fait un clin d'œil et fait un signe de croix sur elle-même. Elle hésite, puis fait le signe de croix sur ma maison.

Nous avons été tellement distraits et pris par tout ce qu'Anna a fait que nous ne remarquons pas un homme qui traîne derrière elle.

Il mesure près d'un mètre cinquante, a les cheveux et la barbe noirs. Il porte un manteau noir, une casquette noire qui lui protège les yeux, un pantalon et des chaussures noirs. Il avance comme un nuage sombre et solitaire. Nous nous rendons compte que sa démarche est due à ce qu'il porte sur son dos : une petite malle noire. Bien qu'elle soit de petite taille, son poids suffit à le faire se voûter.

Anna frappe le heurtoir de la porte et nous nous précipitons à leur rencontre.

***

Anna arrive comme le vent et le nuage sombre souffle non loin derrière. Elle me tend d'abord la main et prend mon autre main. Elle me regarde dans les yeux et moi dans les siens - qui étaient d'une étrange teinte verte avec de minuscules mouchetures rouges en travers de la pupille.

"Je suis si heureuse de vous rencontrer enfin", dit-elle en tendant la main, puis en s'arrêtant avant de toucher le bébé. Je hoche la tête pour lui dire qu'elle peut le faire et elle pose sa main ouverte sur le bébé. Je m'attends à ce qu'il donne un coup de pied pour reconnaître sa présence, mais ce n'est pas le cas.

"Il doit dormir", dis-je. Pour une raison étrange, le fait qu'il ne se présente pas avec un coup de pied me donne l'impression que nous sommes impolis.

Anna rejette son manteau. Elle se tourne vers Moni et lui dit bonjour. Elle nous présente son mari, qui se tient debout à l'arrière-plan en étirant son dos. Il s'appelle Ballard.

Je m'approche de lui et nous nous serrons la main. Il a besoin d'aide pour enlever le torse de son dos, alors je l'aide. Ensuite, il se tient droit et grand. Il n'est pas si petit que ça, finalement. Il est petit pour un homme et Anna, avec ses chaussures compensées, le domine.

"Occupons-nous des détails ennuyeux", propose Ballard.

"Oui", dit Anna.

"Elle parle de l'argent", murmure Moni.

Je récupère mon sac à main sur la table d'appoint. Il contient la totalité de la somme, que je remets à Anna, qui la donne à Ballard.

"Merci", dit Anna.

Ballard sort l'argent et feuillette le lot. Assuré que la totalité de la somme s'y trouve, il la fourre dans la poche de son manteau.

Anna dit : "J'aimerais voir la chambre maintenant."

Nous nous dirigeons tous les trois, Moni, Anna et moi (ou quatre si j'inclus le bébé) vers la chambre d'enfant. Je jette un coup d'œil en arrière pour voir Ballard pêcher dans sa poche une clé qu'il insère dans la serrure et ouvre le coffre.

Je suis curieuse de la clé, mais encore plus curieuse de son contenu. Ballard continue. Je reporte mon attention sur cette affaire.

"En temps voulu", dit Anna en nous faisant avancer. Elle voit que je regarde Ballard avec curiosité. Elle ne manque, semble-t-il, de rien.

Avant que nous n'atteignions la crèche, Anna s'arrête brusquement. J'ai bien failli lui rentrer dedans puisque je suis maintenant en queue de peloton avec Moni en tête.

La respiration d'Anna change. Elle halète et ses joues deviennent très rouges. Elle saisit le mur à sa droite et l'autre mur à sa gauche à pleines poignées et reste là, immobile. Ses poings s'ouvrent comme des roses qui éclosent. Elle pose ses mains à plat et ouvertes sur la surface des murs de chaque côté d'elle.

Sa tête tombe en arrière et ses yeux s'ouvrent en grand, regardant le plafond. Son corps entier commence à trembler et à se convulser comme si elle avait une crise d'épilepsie.

***

Quelque chose se propage dans son corps à ce moment-là. Quoi que ce soit, je le vois se frayer un chemin à travers elle. Je regarde Moni, dont les yeux sortent presque de son crâne. Je passe par-dessus l'épaule d'Anna et je prends la main de Moni dans la mienne. Nous restons immobiles, ne sachant pas quoi faire. Anna continue de vibrer et de se tordre.

Ballard est alors là, posant quelque chose sur le front retourné d'Anna. C'est de l'argent.

Je le vois briller dans la lumière, mais je ne peux pas le distinguer. C'est d'abord flou, puis scintillant. Bientôt, les bras et la tête d'Anna tombent. Puis, elle est de retour parmi nous.

"Je suis désolé, mon amour, dit Ballard. "Je ne m'attendais pas..." Il s'arrête et regarde Moni et moi qui sommes toujours debout ensemble, nous tenant par la main.

"Moi non plus", dit Anna en prenant une grande inspiration et en la relâchant plusieurs fois pour se calmer. "C'était quelque chose ou quelqu'un de très puissant. Puis-je avoir un verre de porto avant de continuer ?"

Je commence à dire que je n'ai pas de porto à la maison. Ballard, qui est venu préparé, sort une flasque de l'intérieur de sa veste. Il fait tourner le bouchon et le tend à Anna.

Ses mains tremblent lorsqu'elle essaie de boire une gorgée. Ballard l'aide.

Anna s'essuie la bouche avec sa main. Je vois encore ses doigts trembler lorsqu'elle lui rend la flasque. Ballard m'offre une gorgée. Je refuse à cause du bébé. Moni refuse aussi, mais remercie Ballard pour son offre.

Anna rompt le silence. "Et maintenant, continuons."

***

Avant que nous n'atteignions la porte de la chambre d'enfant, celle-ci se referme en claquant. La force est si grande que je pense qu'elle pourrait briser les gonds. Je me fraye un chemin à travers l'entourage, en utilisant la taille de mon enfant pour me frayer un chemin.

Une fois devant la porte, je cherche la clé dans ma poche. Une fois déverrouillée, je tente de tourner la poignée. Je dis essayer pour deux raisons.

Un, elle ne bouge pas, et deux, elle est chauffée au rouge, à tel point que je crie quand ma peau y fond. C'est comme si la poignée en métal se soudait à moi et que ma peau grésillait et sentait le barbecue.

Ma chair brûlante sent presque le bacon alors que je continue à essayer de me séparer de la poignée. Les quelques secondes qui suivent me donnent l'impression que le temps s'est suspendu, et je concentre mon esprit sur la poignée elle-même plutôt que sur la douleur. D'un seul mouvement, je me détache. La poignée bouge. Pendant une seconde, je pense qu'elle va tourner et s'ouvrir, mais ce n'est pas le cas.

Je regarde à gauche où Moni se tient, le regard fixe, se demandant ce qu'il faut faire, mais ne faisant rien. Je regarde Ballard qui regarde Anna qui a les yeux fermés et prononce des mots.

Je regarde et écoute ses marmonnements, réalisant qu'elle est en train de faire une incantation ou un sort. Du moins, c'est ce à quoi cela ressemblait d'après les émissions de télévision fictives que j'avais vues avec des sorcières.

Les médiums font-ils des incantations ou des sorts ? Je n'en étais pas sûr, mais quoi qu'elle ait prévu, j'espérais vraiment que ça allait marcher.

Alors que cette pensée me traverse l'esprit, la chaleur de la poignée de la porte passe de neuf à dix et je pousse un cri de douleur. Ballard se précipite vers moi, la fiole d'eau-de-vie à la main, et m'en éclabousse le contenu. Ça fume, ça crache et ça sent le pudding de Noël.

Ça marche, et ma main se détache de la poignée. Ballard m'éloigne de la porte. Je reste immobile pendant que Moni tend à Ballard la trousse de premiers secours qu'elle a récupérée dans la salle de bains. Il enveloppe ma main dans de la gaze après l'avoir aspergée d'un liquide anti-brûlure. Cela refroidit la température de ma peau. Lorsqu'il enroule la gaze autour, la douleur est m inime.

Lorsque nous retournons dans le couloir, Anna n'est nulle part, mais la porte de la chambre d'enfant est grande ouverte.

Cette fois, c'est Ballard qui ouvre la marche, Moni et moi ne sommes pas très loin derrière. Ballard garde son bras droit tendu devant lui comme s'il anticipait l'arrivée de l'invisible et de l'inconnu. S'il avait une croix à la main, elle ne serait pas déplacée. J'ai beaucoup trop regardé la télévision pour mon propre bien.

Une fois à l'intérieur de la chambre d'enfant, Ballard murmure : "Anna". Il se tient dans l'embrasure de la porte, nous empêchant, Moni et moi, d'entrer dans la pièce.

Il n'y a pas de réponse.

Ballard entre de plain-pied, toujours en appelant Anna, et nous entrons derrière lui.

La fenêtre est grande ouverte comme le jour où j'ai pénétré dans le miroir. Mais cette brise est violente. Elle pousse les rideaux vers l'avant. Ils ondulent et flottent au-dessus du sol comme des fantômes.

Les rideaux volants dirigent mes yeux en direction du miroir. Moni et Ballard font de même, mais cette fois-ci, ils sont derrière moi alors que je me dirige vers le miroir. La couverture, autrefois drapée sur le miroir, est maintenant froissée en un tas sur le sol.

"Anna !" J'appelle.

Ballard hurle le nom de sa femme.

Bien que je ne le connaisse pas, la hauteur et le ton de sa voix me donnent la chair de poule tout le long de mes avant-bras. Je me retourne et le regarde, voyant la peur à l'état pur. Il me paraissait absurde qu'il soit à ce point paniqué. Ballard est son partenaire dans tous les domaines. Ensemble, ils s'efforcent d'aider les gens à entrer en contact avec leurs proches de l'autre côté. Ce sont des pr os.

Je me dirige vers le miroir. D'un pas de géant, j'y plonge tout mon corps.

La dernière chose que j'entends, c'est Moni qui crie mon nom.

***

De l'autre côté, c'est l'obscurité totale.

C'est différent de tout à l'heure. C'est effrayant.

Je fais deux pas en avant. Quelque chose craque sous mes pieds. Je me déplace un peu sur le côté, espérant que ce que c'était ne sera pas là, mais c'est le cas. J'avance, je marche sur quelque chose de plus gros avant de trébucher un peu puis de m'arrêter net.

Trop effrayée pour bouger, je réalise que cet endroit est exactement comme je m'attendais à ce que l'intérieur d'un miroir soit. Ce à quoi je ne m'attendais pas, c'est à l'odeur. Elle est humide comme des feuilles d'automne en décomposition et elle est froide. Je m'entoure de mes bras.

Je ne bouge pas, espérant que mes yeux s'habitueront à l'obscurité.

Les secondes passent. Je ne fais toujours pas un pas dans une direction ou une autre. Je me sens osciller de temps en temps. Rester immobile avec un ventre aussi gros n'est pas une tâche facile. J'ai l'impression que je pourrais basculer. Je caresse mon baby bump et j'essaie de rester calme.

Où sont les forêts, la plage et les montagnes ? Où sont le soleil et la brise d'automne ? Ici, l'air gelé est immobile.

Je me demande s'il s'agit d'une autre dimension.

Pourquoi cet endroit me semble-t-il si peu familier alors que l'autre me paraissait accueillant ? J'ai été stupide d'entrer sans savoir qu'Anna était là.

J'entends un craquement, puis la voix d'Anna. "Cath ?

Mon corps tremble quand je réponds.

"Cath, dit-elle, il faut que tu sortes d'ici."

Je caresse mon baby bump dans une tentative de normalité.

"Sais-tu combien de pas tu as fait après être entrée ?" Anna demande.

Je lui dis que je n'ai pas fait beaucoup de pas, et pourtant je ne les avais pas comptés non plus.

Elle me demande si je serais capable de me retourner, si je savais dans quelle direction j'étais venue, et je réponds que je pense que oui.

"Tourne-toi et va dans la direction de l'extérieur", m'indique Anna. "Je suivrai les sons de tes pas. Le son me guidera et nous sortirons ensemble."

Je pense à Darryl lorsque nous nous sommes rencontrés pour la première fois. Avec ces pensées heureuses au premier plan de mon esprit, un souvenir se bouscule. Il s'agissait de quelque chose que j'avais lu ou regardé. Il s'agit de démons qui, dans l'obscurité, prennent la voix de ceux que nous connaissons, parfois même de ceux que nous aimons. Les démons font semblant d'être ce qu'ils ne sont pas.

Je fais taire mon esprit et repousse ces pensées, me ressourçant en pensant à Darryl et au bébé. Je me retourne, tendant les bras pour tâter le terrain. Les craquements me font paniquer, mais je savais que je n'étais pas allée trop loin. J'avance comme un zombie aveugle et ne ressens rien.

Je fais encore deux pas vers la gauche, toujours dans la même direction que précédemment, et je tends à nouveau les bras devant moi. Toujours aucun contact avec quoi que ce soit. Je fais encore deux pas.

C'est là que ça se passe. Je le sens et je fais un pas en avant. Ballard et Moni me tirent jusqu'au bout.

Anna attrape la queue de ma chemise et passe elle aussi.

Nous sommes en sécurité.

Nous sommes de retour.

***

Je pleure pendant que Moni m'aide à traverser la pièce. Je m'assois dans le fauteuil à roulettes comme si je portais le poids du monde sur mes épaules. Je caresse mon baby bump et je fredonne Frère Jacques pour calmer mon cœur et mon esprit. Mon petit garçon ne répond pas par un coup de pied, mais il n'est pas plus mal en point.

Moni apporte une tasse de thé chaud. Mes mains tremblent trop pour la tenir. Elle la porte à mes lèvres et j'en bois une gorgée.

Dans un coin, à l'abri des regards, Anna chuchote à Ballard en tirant une gorgée de la flasque. Elle tremble et Ballard regarde parfois dans ma direction avant de revenir à sa femme. Je l'ai sauvée, je l'ai ramenée. Je me demande de quoi ils parlent, mais je suis trop fatiguée pour suivre leur conversation.

"Combien de temps ? Je demande à Moni.

"Huit heures."

"Ça n'a pas pu durer huit heures !"

"Il fait nuit dehors. Tu vois ?" Elle tire les rideaux, montrant l'obscurité à l'extérieur à la place de la lumière du jour. Elle se penche et demande : "Comment était Darryl ?"

Mon fils me donne un si grand coup de pied que j'en ai le souffle coupé. Je caresse son pied à travers ma peau. "Calme-toi, mon fils."

Moni attend que le bébé se calme avant de demander : "Si Darryl n'était pas là, pourquoi es-tu partie si longtemps ?"

"Je ne sais pas", dis-je en regardant dans la direction d'Anna et en espérant qu'elle puisse apporter des réponses. Après tout, elle est la seule experte dans la pièce.

Anna tire une nouvelle fois sur la flasque. Lorsqu'elle voit que je la regarde, elle traverse la pièce en trébuchant. "Tu vas bien ?"

Anna se tient à ma gauche, Moni devant moi et Ballard à ma droite, comme si j'étais au centre d'un demi-cercle. Je frissonne. Moni me jette une couverture sur les épaules.

Anna dit : "Le miroir a plusieurs visages. Celui-là," elle le pointe du doigt, "devrait être détruit."

"Mais pourquoi ?" Je demande en claquant des dents. "Il est dans ma famille depuis des décennies et c'est lui qui m'a amené Darryl".

"Je te suggère de le renvoyer si tu ne peux pas le détruire. Il t'appellera à nouveau et te tentera d'entrer s'il se trouve dans ta maison. La prochaine fois, tu n'auras peut-être pas autant de chance. La prochaine fois, tu seras peut-être coincé là pour toujours."

"Écoute ma femme", dit Ballard. "Elle sait de quoi elle parle et tout ce qu'elle veut, c'est vous empêcher de vous faire du mal, à toi et à ton enfant".

"Ça aurait pu nous faire du mal, mais ça n'a pas été le cas", dis-je. "Il faisait sombre et c'était humide, mais j'ai connu des endroits pires, bien pires".

Anna hésite, fait quelques pas, puis dit : "Le bruit de craquement. Qu'est-ce que tu croyais que c'était ?"

Ballard fait un pas vers sa femme, lui chuchote à l'oreille. Ils se tournent à nouveau vers moi.

"Des feuilles", réponds-je. "Des feuilles mortes.

Les yeux d'Anna s'illuminent alors qu'elle regarde son mari. "C'était le bruit d'os qui se brisent. Les os d'autres personnes qui ne sont jamais revenues."

Je halète et j'essaie de ne pas crier. Je pense au bruit que j'avais entendu et je me demande si elle l'invente, si elle essaie de me faire peur. Si j'avais marché sur des os, quel aurait été le son ? Comment se sentiraient-ils sous mes pieds ? Ils auraient fait exactement le même bruit que ceux qui se trouvent à l'intérieur du miroir.

"Maintenant, sortons d'ici", dit Anna. "Nous avons fait tout ce que nous pouvions. Nous ne pouvons plus rester ici. Retenez bien ce que je dis, si vous ne détruisez pas cette chose, c'est sur votre tête qu'elle tombera."

Alors qu'elles s'éloignent de moi, je m'écrie : "Pourquoi ne m'as-tu pas attendue ? Pourquoi êtes-vous entrés dans le miroir sans moi ? Avant, Darryl, mon mari, était là. Tout était en sécurité et tout allait bien. Pourquoi n'avez-vous pas attendu ?" Je me lève et les suis, attendant une réponse, une explication.

Anna continue de marcher.

Ballard s'arrête, envisage de dire quelque chose. Il se ravise : "Viens, mon amour. Cette femme n'apprécie ni ton sacrifice ni tes conseils."

"Son sacrifice ? Je suis entré là-dedans et je l'ai fait sortir ! Je l'ai sauvée."

"Calme-toi", dit Moni. "Ce n'est pas bon pour le bébé".

"Sors de chez moi", je hurle.

Après que Ballard a attaché la malle sur son dos, lui et sa femme quittent ma maison.

Je reste là, les poings serrés, tandis que l'eau ruisselle le long de mes jambes. Je suis pris de vertiges et je m'écroule sur le sol.

***

Ce n'est pas de l'eau, après tout. C'est du sang.

Je ne l'ai découvert qu'après que l'ambulance a remonté mon allée en hurlant et que les ambulanciers m'ont examiné. Mes signes vitaux sont bons, mais ils insistent pour que nous allions à l'hôpital.

Au repos, attachée à des machines et à des moniteurs, je me sens reconnaissante que mon fils et moi allions bien. Rien de plus et rien de moins.

Moni a appelé ma mère qui est arrivée rapidement. Elle s'est assise avec moi, me tenant la main, me disant que tout allait bien se passer. Maintenant, elle dort profondément dans un fauteuil.

En la regardant dormir, je me rends compte que les mères sont des dieux. Nous comptons sur elles pour tout, dès notre conception. Quand elles nous expliquent que tout va bien se passer, même si nous savons qu'elles ne peuvent pas savoir, nous les croyons quand même. Si elles nous disaient que le ciel est orange, nous devrions les croire. Pourquoi nous mentiraient-elles ? Nos mères sont des infirmières, des médecins, des conseillères, des enseignantes, des philosophes et des amies. Les mères portent tellement de chapeaux.

Je sens mon baby bump, en pensant à mon propre potentiel pour remplir le rôle de mère et de parent unique pour mon fils. J'espère pouvoir égaler la force et le courage de ma mère. Si je pouvais atteindre quatre-vingts pour cent de ce qu'elle a été pour moi, alors je serais aux anges.

Je réfléchis à ce que le médecin m'a dit. Le saignement n'était pas grave. Il s'agit d'un problème temporaire qui s'est arrêté. Le bébé va bien et son cœur bat fort. Pourtant, la date d'accouchement n'est pas loin et ils veulent que nous soyons là.

Je m'éloigne en pensant à Anna, déçue. On avait tellement attendu qu'elle vienne et qu'elle propose son aide. J'avais demandé à Moni de la contacter pour voir si elle pouvait combler certaines lacunes. Je voulais savoir ce qui lui était arrivé avant que je ne pénètre dans le miroir. Que savait-elle ? Qu'avait-elle vu ?

Je voulais aussi savoir pourquoi elle avait sauté dans le miroir avant qu'aucun d'entre nous ne soit dans la pièce.

Les larmes coulent sur mes joues en un cri silencieux. Darryl me manque tellement. La vie serait bien différente s'il était là. La vie est trop courte, trop précieuse pour en gâcher un seul instant.

Je me laisse tomber contre l'oreiller et je ferme les yeux.

***

Mes pieds quittent le sol. Avec mes ailes de papillon monarque, je m'envole à l'air libre. Je m'élève de plus en plus haut dans le ciel tandis que les avions me dépassent. Les passagers me font signe par la fenêtre. Les oiseaux s'arrêtent. L'un d'eux se pose sur mon épaule. Il ouvre et ferme son bec en chantant, comme s'il essayait d'avoir une conversation avec moi. Il s'envole, heureux d'avoir tenté de communiquer avec son congénère.

En dessous de moi, une petite personne ailée me suit. Je caresse mon baby bump, mais je m'aperçois qu'il n'est plus là. La personne ailée en dessous est mon enfant. Ses ailes sont bleues et noires. Il apprend à voler. Il se dirige vers moi en se débattant.

"Maman", appelle-t-il.

Je reste sur place en attendant qu'il me rattrape.

"Mère", appelle-t-il encore.

Je me pousse vers le bas jusqu'à ce que nous soyons côte à côte. Je prends sa main.

Ensemble, nous nous levons.

Je rejette la tête en arrière, tenant toujours sa main dans la mienne, et le ciel passe du jour à la nuit en une fraction de seconde. L'air passe de chaud à froid, le vent se lève et nous repousse.

Mon fils et moi nous accrochons l'un à l'autre, nous tenant fermement, battant des ailes de façon synchronisée. Impuissants.

Le tonnerre gronde. Des éclairs traversent le ciel derrière nous, en dessous de nous, de plus en plus près.

Un coup direct sur mes ailes. Une étincelle s'allume sur les siennes.

Nous retombons d'où nous venons.

***

Je me réveille en hurlant. Tant pis si je n'ai pas réveillé ma mère.

Le rêve avait été si réel, si vivant. Les moniteurs clignotaient et émettaient des bips. Le personnel de l'hôpital est arrivé en courant et ils ont pris les choses en main.

"Ce n'était qu'un rêve", dis-je pour les rassurer. Pourtant, ils continuent à se précipiter.

J'essuie le sommeil de mes yeux.

Quelque chose ne va pas avec maman. Ils ne sont pas venus me chercher.

Ils l'ont mise sur un lit d'hôpital et l'ont fait rouler hors de la pièce. Les roues l'éloignent de moi en grinçant.

"Qu'est-ce qui se passe ?" Je crie. J'essaie de me lever, de l'accompagner, d'être avec elle. Je dois rattraper l'entourage.

Mais je suis attaché. J'essaie de me libérer. Pas assez vite.

Une infirmière me plante une aiguille dans le bras.

La dernière chose dont je me souviens, c'est d'avoir juré contre elle.

***

Moni est à mes côtés lorsque je me réveille. Il faisait jour quand je me suis endormie. Maintenant, il fait nuit. Par la fenêtre, tout semble d'un noir d'encre et sans étoile.

Alors que j'essaie de rassembler les pièces du puzzle, mon fils me donne un coup de pied très fort. C'est comme s'il me rappelait de le faire passer en premier, comme si j'avais besoin d'un rappel. D'abord, il y a eu ce rêve effrayant. Ensuite, maman avait des problèmes, elle était malade ou quelque chose comme ça

Je reviens à la réalité.

Moni me tend un verre d'eau. Elle et moi sommes amies depuis si longtemps que j'ai parfois l'impression que nous avons une connexion télépathique. Moni est la meilleure amie du monde. Je ne sais pas ce que je ferais sans elle.

"Merci", dis-je en buvant une gorgée et en sentant l'eau fraîche se frayer un chemin jusqu'à mon estomac très vide. Ce n'est pas étonnant que mon bébé donne des coups de pied comme un fou. J'ai besoin de faire le plein, car je n'ai pas mangé aujourd'hui. La nourriture de l'hôpital n'a rien d'extraordinaire. Je demande à Moni si elle accepterait de sortir en cachette et de m'acheter quelque chose qui ressemble à un fast-food pour me faire plaisir.

Comme elle est toujours logique, Moni me suggère d'appeler l'infirmière. Demande-leur s'ils peuvent faire quelque chose pour moi afin de ne pas interrompre leurs exigences alimentaires pour moi et le bébé. C'est un bon conseil, même si j'aurais bien aimé un cheeseburger, des frites et un milk-shake.

L'infirmière est serviable et me dit qu'elle m'apportera quelque chose de spécialement préparé pour moi dès que possible. En langage hospitalier, cela signifiait dès que j'aurais atteint le sommet de la hiérarchie. Premier arrivé, premier servi.

Je frotte mon baby bump d'une main et je bois d'autres gorgées d'eau pour tenir la faim à distance.

"Il faut qu'on parle", dit Moni.

"Je t'écoute."

"Tout d'abord, ta mère va bien. Elle a fait une attaque, mais d'après ce que j'ai compris, ce n'était pas une grosse attaque. Je ne connais pas de détails précis parce que je ne suis pas de la famille, mais j'ai l'impression qu'elle va se rétablir complètement."

Je pousse un soupir de soulagement et rappelle à Moni qu'elle est comme la sœur que je n'ai jamais eue.

"J'ai une sœur", dit Moni, "mais tu es ma sœur de prédilection".

"Je t'aime", dis-je.

"Je t'aime aussi."

Nous restons silencieuses un moment, puis elle dit : "J'ai parlé à Anna pour toi. La visite chez toi et dans le miroir les a totalement fait paniquer. Ces deux-là ne sont pas des novices. Elle, je veux dire Anna, ne s'est jamais sentie aussi proche du mal absolu que lorsqu'elle était à l'intérieur de ton miroir."

Je me souviens du sentiment de félicité que j'éprouvais lorsque j'étais avec Darryl. La sensation de son toucher. Sa connexion avec son fils. Ce qu'elle disait me semblait ridicule et je le dis.

"Que veux-tu dire ?"

"Tout d'abord, j'étais là moi aussi. Oui, il faisait très sombre. C'était humide et même un peu puant, mais je n'ai pas senti de présence du mal dans l'air. Si le mal se cachait dans cette obscurité, alors il aurait pu prendre l'un ou l'autre d'entre nous à tout

moment. Nous étions à sa merci. Alors pourquoi n'a-t-il rien fait ?
"

"Elle dit que le diable ne veut que les âmes des personnes abîmées. Celles qui ont commis le mal ou fait de mauvaises actions. Les seules exceptions sont celles qui viennent à lui de leur plein gré et qui ont le cœur pur."

"Et Anna, quelle est sa place dans ce scénario ? Je demande.

"Anna a dit que si toi et le bébé en particulier n'aviez pas été là, alors la chose l'aurait prise. Elle dit que la chose lui a chuchoté qu'elle était perdue, qu'elle lui appartenait avant que tu n'entres dans le miroir. Quand tu l'as fait, une lumière a émané du bébé. Ce n'était pas une lumière vive. Elle était faible, mais suffisante pour qu'elle sache que tu étais là. Cette lumière l'a conduite jusqu'à toi, et à la dernière seconde possible, elle t'a attrapé et tu l'as tirée de là. Sans le bébé, sans toi, elle aurait été perdue, son âme serait restée éternellement coincée là-dedans."

Sans y penser, je caresse le pied du bébé. Il se transforme en moi.

Je lève la tête alors qu'un inconnu muni d'un presse-papiers entre dans la pièce. Il arbore un froncement de sourcils aussi grand que le Grand Canyon, mais il est en quelque sorte rougi et pâle à la fois.

"Êtes-vous Cath ?" demande-t-il.

***

Il ne porte pas de blouse blanche et n'est ni de la famille ni un ami.

Je fais un signe de tête, confirmant que je suis bien moi.

En guise de réponse, il appelle : " Apportez-le. "

Deux livreurs apportent un grand objet couvert.

Avant qu'ils ne le dévoilent, je sais déjà de quoi il s'agit. Le miroir. "Qu'est-ce que ça fait là ? Je ne vous ai pas demandé de l'apporter."

"Signez ici." L'homme tend un stylo à Moni. Au début, elle refuse catégoriquement de signer, mais l'homme hausse le ton. Il menace de faire du grabuge, alors elle signe, mais seulement après, je lui dis de le faire.

"On verra ce qu'on en fera quand ces deux abrutis - sans vouloir te vexer - seront partis".

Moni sourit et moi aussi.

Les livreurs se retirent.

"Et maintenant ?" Moni demande en se tenant aussi loin du miroir qu'elle le peut sans sortir par la porte.

Je me sens en sécurité là où je suis sur le lit, emmitouflée dans les couvertures. D'ici, je peux faire de mon mieux pour ignorer l'éléphant dans la pièce. Que diable faisait-il ici et qui l'a envoyé ?

***

Le téléphone de Moni sonne, ce qui nous fait sursauter tous les deux. Elle est occupée à pousser le miroir sur le côté, près de la fenêtre.

"Je reviens tout de suite", dit-elle.

En allant m'accueillir, un nouveau préposé voit le miroir et le découvre. "Quel beau miroir", dit-il. "Le cadre et le bois en particulier sont absolument magnifiques". Il passe ses doigts sur les mains jointes gravées et dit : "C'est japonais, n'est-ce pas ?"

"Je... je ne sais pas, mais il est dans ma famille depuis des décennies".

Le préposé positionne le miroir de façon à ce qu'il soit visible dans ma vue périphérique. Une partie est tournée vers moi et une autre vers la fenêtre.

Il regarde l'arrière du miroir. "J'ai déjà vu quelque chose comme ça auparavant. Si jamais tu veux le vendre, appelle ici, et demande-moi ou laisse un message.

Je m'appelle Daniel Chung." Il me tend sa carte.

"Euh, merci", dis-je alors que Moni revient dans la pièce.

"Est-ce que tout va bien ?" demande-t-elle en regardant le miroir et en voyant le préposé le caresser.

"Oui", je réponds, "Daniel me disait qu'il pensait que le miroir était japonais. Il m'a dit qu'il avait déjà vu quelque chose comme ça auparavant. Oh, et il serait intéressé pour l'acheter. Enfin, si jamais je voulais m'en séparer."

Moni pâlit.

Daniel vérifie mon pouls. Il confirme que tout va bien et me demande si j'ai besoin de quelque chose.

"Quel drôle de type", dit Moni.

Je perds les eaux.

***

Les choses se passent trop vite. Les moniteurs s'affolent. Les contractions commencent. Je suis dilatée et prête à pousser. Le rythme cardiaque du bébé chute, tout comme sa tension artérielle. Ils m'emmènent en fauteuil roulant au bloc opératoire et commencent à me préparer pour une césarienne d'urgence. J'aurais tellement aimé que Darryl soit là avec moi.

Tout le monde est sur le pont. Ils m'ont droguée et sont entrés pour sauver mon fils.

Je suis dans les vapes, je ne vois rien, je ne sens rien. Je regarde le personnel hospitalier se déplacer. J'écoute les machines. J'espère et je prie pour que mon fils s'en sorte.

Ils le soulèvent pour que je puisse le voir.

Il ne pleure pas.

Il est bleu.

Je crie.

Quelqu'un me plante une aiguille dans le bras.

Je dors en sachant que mon fils est mort.

***

Je me réveille et je me souviens.

"Voulez-vous le tenir ?" demande une infirmière.

J'acquiesce.

Elle quitte la chambre.

Je sors du lit.

Mon fils arrive dans une vitrine emmailloté dans une couverture verte. Il porte un bonnet tricoté assorti.

Elle me le tend. Des larmes roulent sur mes joues lorsque j'embrasse son front frais et que je nous vois reflétés à l'autre bout de la pièce dans le miroir.

Je me dirige vers lui.

Je suis toujours une maman. Je tiens mon fils dans mes bras.

J'embrasse chacune de ses paupières.

Le sol sous mes pieds commence à trembler, alors que le soleil hurle de la lumière dans la pièce, dans le miroir et dans mon fils.

Ses paupières s'ouvrent. Il me voit. Il me connaît.

Puis il disparaît.

Je trébuche, tenant la légèreté du néant dans mes bras.

Là, dans le miroir, Darryl tient notre fils dans ses bras.

"Je t'aime", dit Darryl en l'embrassant sur le front.

"Je t'aime aussi", dis-je alors que notre fils se met à pleurer.

Le miroir commence à tourner d'abord lentement, puis il prend de l'élan. Il se cogne et grince, se tordant comme s'il allait s'envoler.

Hypnotisée, je ne peux pas détourner le regard.

La main de Darryl se tend hors du miroir, et je la saisis.

Et nous sommes ensemble pour toujours Darryl, notre bébé et moi.

SOUHAIT DE MORT

IL LUI ÉTAIT DIFFICILE de penser à autre chose.

Il vivait à une époque idéale. Une époque où il pouvait trouver n'importe quoi en ligne.

Des vidéos et des photos. Tout ce qu'il avait besoin de savoir. Même des choses qui l'effrayaient au plus haut point ! Et il pouvait le faire au travail ou à la maison.

Tout ce qu'il avait à faire, c'était de garder plusieurs onglets ouverts, et quand il en avait besoin, de passer de l'un à l'autre. C'était comme s'il était un espion, jouant au jeu du chat et de la souris dont il était le seul à savoir qu'il était en train de jouer.

Il passait toutes ses heures de veille - ou autant qu'il le pouvait - à faire des recherches. Il arrangeait et réarrangeait les pièces du puzzle. La préparation était la clé. Tout rassembler, jusqu'à ce qu'il soit prêt. Ce serait alors facile, et avec tous les faits sur la table, il éliminerait la possibilité d'un échec.

"L'échec n'est pas une option", s'est-il dit, se demandant qui l'avait dit en premier. Curieux, il a fait une recherche sur Google. Il a trouvé un livre portant le même nom, attribué à Gene Kranz, directeur de vol du contrôle de mission de la NASA.

Le problème quand on fait des recherches sur Internet, c'est qu'il y a des distractions. Il est si facile de s'égarer. Au fond d'un trou noir. S'il n'y prenait garde, le temps passerait vite et il serait bientôt bien trop vieux pour le faire.

Et puis il y avait les interruptions. La vie avait ses intrusions, bonnes ou mauvaises. Tu devais y faire face - tu pouvais traverser la vie en faisant des choses que tu aimais ou des choses que tu détestais, mais de toute façon, le temps t'échappait et il n'y avait rien que tu puisses faire pour le contrôler.

Tout ce que l'on peut faire, c'est fermer la porte, espérer et souhaiter que le monde s'en aille. Parfois, ce n'était pas un très bon sentiment pour les personnes de votre vie que vous aimiez, comme votre femme. Ou ton chien.

Parfois, il avait l'impression qu'il devait tomber pour tout avouer à sa femme. Se jeter à ses pieds. Mais ensuite, il réfléchissait à ce qu'il ressentirait si son secret n'était pas seulement son secret. Comment il devrait répondre aux questions, et comment ses décisions seraient sujettes à discussion. Chaque petite partie de lui serait mise en pièces comme un biscuit de Noël.

Non, décida-t-il. Le secret était la seule solution. De plus, elle s'inquiéterait. Et elle pourrait impliquer d'autres personnes, comme ses parents ou ses parents ou leurs amis. Le chat serait alors sorti du sac.

Il se demanda d'où venait cette expression. Il a fait une recherche et s'est esclaffé devant le débat en ligne, en particulier les comparaisons allemandes et néerlandaises de "pig in the poke" (cochon dans la gueule). Il a fait défiler l'écran vers le bas, voulant découvrir le nom de l'auteur, mais il a abandonné lorsque sa femme a fait un "he-hemming" derrière lui. Il a changé l'écran pour quelque chose de neutre.

"Encore quelques minutes", dit-il.

Elle a refermé la porte derrière elle.

Chaque fois qu'elle passait la tête à l'intérieur de la porte... Même après qu'elle soit partie... Il avait l'impression d'avoir à nouveau sept ans et d'être pris la main dans le sac.

Foutu catholicisme, pensa-t-il.

Il se sentait coupable de tout.

Ce n'était pas comme s'il se branlait ou quelque chose comme ça.

Il travaillait.

Il travaillait surtout.

C'est vrai qu'il n'était pas payé, mais c'était quand même du travail. Il avait un but. Il a cherché le mot "travail". L'une des définitions était : "une forme de torture".

Il rit.

Il a essayé de se concentrer, mais il n'y est pas parvenu parce qu'il se sentait tellement coupable. Comme si sa femme était constamment sur lui. Qu'elle le réprimandait, ce qui n'était pas le cas. Son esprit criait : "Est-ce que je n'ai pas d'importance ?" Il s'est bouché les oreilles et a grimacé. La simple idée qu'elle le dénonce, que ses mots le transpercent comme du beurre, lui fait mordre son p ouce...

"Vous nous mordez le pouce, monsieur ?" demanda-t-il à la salle vide.

"Tu as dit quelque chose ?" demanda sa femme à travers la porte fermée.

"Non", a-t-il répondu. Puis, sous son souffle, "Je ne vous mords pas le pouce".

Ce sont les seules lignes de Shakespeare dont il se souvenait. Comme Shakespeare, il était un peu une reine du drame.

Il s'est remis au travail, se sentant maintenant coupable d'avoir menti à Jayne.

Ce n'était pas non plus comme s'il regardait du porno ou quelque chose comme ça. Certains de ses amis avaient leurs plaisirs coupables en ligne, mais ce n'était pas son truc. Quand ils se vantaient de leurs conquêtes, ça lui donnait envie de disparaître. L'un de ses amis mariés s'était inscrit sur plusieurs de ces sites de rencontre en ligne. Ils lui envoyaient des photos sur leur téléphone, et il ne les avait même pas rencontrés en personne. Et puis il y avait les accros à la pornographie en ligne. Ils en parlaient, s'en vantaient m ême.

Cela le rendait malade. Il avait honte d'être un homme.

D'un autre côté, beaucoup d'épouses achetaient des menottes roses à froufrous après avoir lu ce livre sexy qui figurait sur la liste des meilleures ventes. Sa femme a essayé de le lire aussi, mais comme elle est professeur d'anglais, elle n'a pas pu passer outre la mauvaise écriture. Les amis de sa femme n'ont cessé de lui dire d'essayer. Ils lui ont dit d'ignorer le style d'écriture, mais l'enseignante en elle ne le lui permettait pas.

Une fois de plus, il laissait son esprit s'égarer. Il a cherché le titre du livre sexy et a découvert une marionnette inappropriée sur YouTube en train de lire quelques chapitres. Il enfonça ses écouteurs, écouta et rit malgré lui. Quelqu'un s'était donné beaucoup de mal pour l'assembler.

Mais ce n'était rien de plus qu'une distraction. Il devait se remettre à la tâche. Il se détestait quand il n'arrivait pas à se concentrer, et pourtant, il se laissait si facilement distraire.

À ce moment-là, son chien Buddy a aboyé et il a regardé sa montre. Buddy était dehors depuis près de trente minutes.

Se sentant coupable, il s'est levé d'un bond et a fait quelques pas vers la porte sans changer de moustiquaire. Buddy aboya de nouveau, et il retourna fermer son ordinateur portable. Mieux vaut prévenir que guérir, se dit-il en quittant la pièce et en marchant dans le couloir.

"Trop peu, trop tard", dit Jayne d'un ton rieur dans sa direction, alors que Buddy arrivait en bondissant vers lui.

"Désolé", dit-il, "je viens seulement de l'entendre".

"Pas de souci", a-t-elle répondu, "j'étais plus près". Puis elle s'est remise à lire et à corriger les copies de ses élèves.

Buddy et lui sont retournés le long du couloir et sont entrés dans son bureau. "Désolé, Buddy", dit-il alors que le chien s'est assis par terre et a commencé à lui lécher le visage. "Je t'ai manqué, Buddy

?" a-t-il demandé à plusieurs reprises alors que Buddy aboyait un oui.

"Je ferais mieux de me remettre au travail, Buddy", dit-il avec résignation.

Il retourne à son bureau. Il s'est assis, bien décidé à se concentrer.

Il se pencha plus près de l'écran, tout en pesant le pour et le contre. Il n'a rien écrit ni pris de notes. S'il le faisait, quelqu'un pourrait les trouver et les lire. Il devrait alors tout expliquer, et ce n'est pas une conversation à laquelle il veut participer, ni maintenant, ni jamais.

"Tu veux une tasse de thé ?" Jayne appelle depuis la cuisine.

"Non merci", dit-il.

Des distractions et encore des distractions. Cinq mots simples comme "Tu veux une tasse de thé ?" pouvaient envoyer son cerveau dans une spirale. Il se mettait à penser à ceci et à cela et à la façon dont tout était lié. L'instant d'après, il était un petit garçon qui se balançait sur les balançoires dans le jardin de ses parents. Puis il se voyait se balançant à un arbre dans le parc. Il serait trop épuisé pour faire des recherches. Pas physiquement épuisé, tu comprends, mais mentalement.

Cependant, aujourd'hui, c'était surtout sa journée. C'était dimanche, et Jayne passerait la plus grande partie de la journée à corriger des copies, puis à préparer le dîner. Bien sûr, elle s'attendait à ce qu'il sorte de sa "grotte" à un moment ou à un autre. C'est ainsi qu'elle appelait son bureau. Une référence directe à ce livre qu'elle avait vu sur Oprah. Sa femme lui en avait offert un exemplaire, espérant qu'il le ferait sortir de sa caverne. Il ne se souvenait plus de l'occasion, mais d'après ce qu'il avait essayé de lire, ça avait l'air d'être n'importe quoi.

Jayne frappa à nouveau.

Il eut juste le temps de cliquer à nouveau sur la page du site de son entreprise avant qu'elle ne passe ses bras autour de son cou et ne l'embrasse sur le dessus de la tête.

Il a courbé les épaules involontairement. Il cacha son travail, imaginant qu'elle s'intéressait à ce qu'il avait à l'écran.

Elle avait été intéressée, parce qu'elle avait commenté le fait que Facebook était ouvert dans une autre fenêtre. Il avait l'impression d'être un pauvre type qui perdait son temps un dimanche après-midi à regarder Facebook. Ou, pour le dire autrement, il s'est senti idiot que Jayne pense qu'un dimanche après-midi, il préférait passer son temps à consulter Facebook - au lieu de passer du temps avec elle. Ce n'était pas du tout le cas, et il voulait qu'elle en soit rassurée.

Mais en même temps, il s'est dit que ce qu'elle pensait n'avait plus d'importance.

Il a fait défiler son courrier électronique professionnel, faisant semblant d'être extrêmement occupé lorsqu'une fenêtre de mise à jour de statut s'est affichée. Il la ferme rapidement, souhaitant que Jayne s'en aille.

"Tu seras bientôt prêt à partir, mon amour ?" demande Jayne.

"Bien sûr, donne-moi cinq minutes", a-t-il répondu, et alors qu'elle s'approchait de la porte, "ou peut-être dix ?".

"D'accord, dix, mais tu as vraiment besoin de prendre l'air aujourd'hui. De plus, je vais préparer la laisse de Buddy et il pourra venir aussi."

"Bonne idée", dit-il, sachant très bien que Buddy avait plus hâte que lui de sortir.

***

Il suffit de dire que leur aventure à l'extérieur n'a pas duré très longtemps. Elle les a menés au centre commercial. La foule. Les salariés. Perte de temps. Les H-ers hémorroïdaires de la semaine prochaine. Il a souri mais n'a pas ressenti le besoin de partager sa blague avec Jayne.

Jayne a proposé de tout ranger, alors il l'a laissée faire.

Il avait envie et besoin de rentrer dans sa tanière et de fermer la porte. Une fois à l'intérieur, il fit comme une tortue avec sa chemise entourant sa tête. Il resta assis ainsi, cherchant le réconfort et le silence jusqu'à ce qu'il soit assez calme pour recommencer ses recherches.

Lorsqu'il a relevé la tête, il a entendu Jayne préparer le dîner. Elle fredonnait en écoutant la chaîne de radio "oldies". Il imaginait Jayne à la cuisinière et Buddy assis là, attendant patiemment qu'un ou deux goûts lui parviennent.

C'était ça, le Bud-meister. Il attendait toujours, et avec ces yeux de biche qui le regardaient, vous deviez lui lancer quelque chose. Ce chien allait lui manquer.

Il a fait craquer ses articulations plusieurs fois comme un pianiste professionnel. Puis, il a tracé ses doigts sur le clavier. Recherche Google. Ce qui est apparu, cependant, était totalement différent de tout ce qu'il avait vu auparavant !

C'était en ligne. Il y avait de vraies vidéos de personnes en train de le faire. En train de le faire ! En regardant la première, il avait l'impression d'être la personne dans la vidéo. Son cœur s'est emballé, tout comme son pouls. Il n'arrivait pas à croire que le simple fait de voir une vidéo pouvait provoquer une telle réaction.

Quelqu'un devrait se plaindre de cela, pensa-t-il, et ensuite, je devrais me plaindre de cela. Mais il ne le fera pas. Il en a regardé une autre, puis une autre, et encore une autre. À chaque fois, il avait l'impression d'être lui-même la personne d'intérêt. À chaque fois, son cœur a failli bondir hors de sa poitrine.

Il l'a éteint. C'était trop. Beaucoup, beaucoup trop !

Il a continué à jouer ce qu'il avait vu encore et encore dans sa tête. Il ne pouvait pas y échapper. Et plus il y pensait, plus il avait peur. Plus il flippait, plus son courage diminuait, jusqu'à ce qu'il se demande s'il pouvait aller jusqu'au bout.

Tout était dans les yeux. Les yeux paniqués des victimes !

Il a examiné leurs expressions faciales. Il s'est dit qu'elles avaient cet air-là parce que, contrairement à lui, elles n'avaient pas fait de recherches au préalable.

Il s'est dit qu'elles avaient dû se décider et se lancer. Cette idée, il ne pouvait pas la comprendre.

C'était beaucoup trop risqué, et s'ils changeaient d'avis ?

Et s'il changeait d'avis à la dernière minute ?

Il ne voulait pas que cela lui arrive.

Il était certainement différent d'eux.

Peut-être était-il trop prudent.

Peut-être était-il trop terne et trop ennuyeux pour pouvoir changer sa vie - pour pouvoir prendre sa vie en main. Tout cela était dû au fait qu'il avait été à la merci du tapis roulant de l'entreprise pendant très longtemps. Lui et tous les autres hamsters. Il ne cessait de tourner, de tourner, de tourner, sans que rien ne se passe.

Il détestait sa vie. Oui, il aimait Jayne, et il aimait Buddy, mais la vie ne se résume pas au travail et au lit.

Oui, faire l'amour, c'est bien, et faire des câlins, c'est bien. Les amis, la famille et tout ce charabia émotionnel, c'est bien. Mais la vie devait avoir plus à offrir. Il le fallait ! Et il allait tendre la main et attraper cette bague avant qu'il ne soit trop tard.

Parce qu'il savait que s'il ne faisait pas quelque chose pour que son existence sur cette planète ait un sens bientôt, alors il aurait tout aussi bien pu ne pas être là.

Il ferma son ordinateur portable, baissa la tête et s'endormit.

***

Dans son rêve, il n'avait pas de jambes. Il n'était qu'une tête et un torse, assis au bureau, en train de taper. Il n'avait pas non plus de chaise spéciale. Dans le rêve, il était assis sur la même chaise que d'habitude, avec des roulettes sur les pieds. Lorsqu'il tapait, la vibration de ses doigts sur le clavier faisait bouger et osciller son torse. Comme la chaise n'avait pas de bras, son torse s'inclinait dans la direction de la main avec laquelle il tapait. C'était étrange, mais il n'avait pas peur de tomber de travers. Il se sentait sans peur et, curieusement, inspiré.

Puis une chanson s'est mise à jouer très fort, quelque part en arrière-plan. C'était Mozart ou Beethoven, ou l'un de ces compositeurs classiques. Quelque chose dans sa tête lui donna envie de taper du pied, mais il n'avait pas d'orteils. Il s'est réveillé et a poussé un cri.

Jayne et Buddy sont arrivés en courant et ont ouvert la porte. "Tu as une empreinte de pomme sur la joue", a dit Jayne une fois qu'elle a réalisé qu'il allait bien.

"Désolé", a-t-il répondu.

"Le dîner est presque prêt", l'a-t-elle informé.

"D'accord", a-t-il dit.

Elle a fait le geste de fermer la porte derrière elle, mais il a dit que c'était bien de la laisser ouverte. Elle avait une expression interrogative sur le visage mais n'a rien dit de plus.

Une fois qu'il l'a rejointe dans la cuisine, il est allé chercher une bière dans le réfrigérateur. Ils ont dîné dans une ambiance agréable mais pas bavarde. Ils s'aimaient, mais parfois l'amour ne suffisait pas.

Pas assez quand Jayne a découvert qu'elle ne pouvait pas avoir la famille qu'elle voulait. Elle avait passé test sur test, et tout semblait aller pour le mieux. Et puis il a été testé, et leurs espoirs et leurs rêves se sont effondrés. Il n'avait pas assez de nageurs en bonne santé. C'est à ce moment-là que tout espoir de fonder une famille est mort.

Au début, elle s'est montrée bienveillante à ce sujet. C'était presque comme si elle était soulagée, parce que le problème venait de lui et non d'elle, ce qui était très bien - mais d'une certaine façon, cela lui donnait l'impression d'être moins qu'un homme. Il ne lui en a jamais parlé. Ni à personne d'autre, d'ailleurs.

Après le choc initial, ils ont envisagé d'autres options comme l'adoption, la fécondation in vitro ou les mères porteuses. Aucune de ces options ne lui plaisait. Au fond de lui, il pensait que Jayne méritait quelqu'un de mieux que lui. Quelqu'un qui pourrait lui donner tout ce qu'elle voulait.

C'est à peu près à ce moment-là que Jayne et lui sont rentrés chez eux en voiture et qu'ils ont remarqué un refuge pour animaux. Des chiens et des chats sans abri. Le couple n'avait jamais envisagé l'option d'adopter un animal de compagnie auparavant.

"Nous pourrions jeter un coup d'œil", a suggéré Jayne.

"Je suppose que ça ne peut pas faire de mal", avait-il accepté.

Une fois à l'intérieur du refuge, les aboiements et les miaulements les ont frappés de plein fouet. Deux cacatoès se sont joints au bavardage.

Il se sentait claustrophobe et voulait sortir.

Jayne a commencé à parler à l'un des cacatoès, et ils semblaient aimer le ton de sa voix. Elle le regarda avec une expression pleine d'espoir.

"Je ne suis pas d'accord avec la mise en cage des oiseaux", a-t-il dit.

"Hmmm", dit-elle en avançant vers les chats. "Il y en a tellement", observe Jayne. "Ce serait difficile de choisir".

"Je préférerais un chien", a-t-il dit.

"Hmmm", a-t-elle répété.

Par conséquent, leur errance dans le refuge les a menés à Buddy. À l'époque, il ne s'appelait pas Buddy.

Le personnel du refuge l'avait appelé Buster, et il était au refuge depuis un peu plus d'un mois. C'était une grosse boule de poils, avec des pieds trop grands pour son corps. Il se dirigea maladroitement vers eux. Il trébuche et s'écrase. Tandis que le promeneur de chiens essayait en vain de le maîtriser. Mais c'était comme si Buster n'avait qu'une seule idée en tête.

Il s'est dirigé tout droit vers eux. Il s'est étalé sur le sol à leurs pieds. Le chien l'a regardé droit dans les yeux, et il ne faisait aucun doute que Buster allait être adopté ce jour-là.

"Est-ce que je peux changer son nom en Buddy ?" demanda-t-il.

"Je ne sais pas - essayez-le", a suggéré le promeneur de chiens.

"Viens ici, Buddy", a-t-il dit. "Viens ici, mon garçon."

Les oreilles de Buddy se sont dressées et il lui a sauté dans les bras. Ce jour-là, ils sont devenus une famille de trois personnes, et à partir de ce moment-là, leur vie a tourné autour de Buddy.

Ses yeux se remplissent de larmes chaque fois qu'il se souvient de ce moment. Buddy lui manquerait, et Jayne aussi, mais ils s'en remettraient. Ils passeraient à autre chose, avec le temps, et ils s'en porteraient mieux.

C'est du moins ce qu'il se répétait.

Le soir, ils se couchèrent à la même heure. Elle a lu un livre, et il a essayé de lire, mais rien ne pouvait retenir son attention. Alors, il s'est contenté de réfléchir et de regarder, et de réfléchir et de regarder. Et quand Jayne lui parlait du livre qu'elle lisait, il hochait la tête, mais il n'écoutait pas vraiment. Elle ne s'attendait pas vraiment à ce qu'il écoute. Buddy était au bout du lit et ronflait bien avant eux.

Quand elle s'endormait, il se levait et faisait les cent pas. Il ne laissait pas Buddy marcher avec lui, parce que ses pattes, en faisant du bruit dans le couloir, auraient réveillé Jayne. À un moment donné de la nuit, il s'est rendu compte qu'il avait agi de façon irréfléchie. Il s'était dit qu'il devait simplement passer une autre semaine au travail et que tout s'arrangerait ensuite.

Il gagnait du temps, il le savait, mais rien n'avait changé.

C'était inévitable.

***

Pourtant, le lundi matin est arrivé, et le réveil a sonné.

Il a marché Buddy et a mangé des tartines beurrées. Il a bu une tasse de café et a embrassé Jayne avant de se rendre au bureau. Il est resté assis dans les embouteillages pendant vingt minutes. Il a écouté les nouvelles et les bavardages jusqu'à ce qu'il aspire au silence. Il a respiré profondément tandis que les voitures avançaient à quelques instants d'intervalle.

"Pourquoi est-ce que j'attends dans les embouteillages tous les jours pour me rendre à un travail que je déteste ?", s'est-il demandé à voix haute.

"Pourquoi suis-je un tel geignard ?", a-t-il répondu par une autre question.

Parce que tu dois faire quelque chose, lui a dit une voix dans sa tête. Tu dois donner un coup de fouet à ton cœur. Il faut que tu n'aies pas peur. Il faut que tu fasses pipi ou que tu te débarrasses de la marmite !

Plus facile à dire qu'à faire, pensa-t-il. Plus facile à dire qu'à faire.

Au bureau, il salua la réceptionniste qui lui dit que le patron attendait à l'intérieur.

"Avons-nous prévu une réunion ?" demanda-t-il en faisant défiler l'emploi du temps sur son téléphone.

"Non", a-t-elle confirmé.

Il sentit une goutte de transpiration se former sur son front alors qu'il entrait dans son bureau. Son patron s'est levé, et ils ont échangé des salutations et se sont serré la main comme si c'était la première fois qu'ils se rencontraient.

Bizarre, pensa-t-il, puisque cela fait sept ans que je travaille ici.

"Assieds-toi", dit son patron. Cela ressemblait à un ordre direct, alors il s'est assis, même s'il était dans son propre bureau. Sur son propre terrain.

"Que puis-je faire pour vous, monsieur ?" demande-t-il.

"On a attiré mon attention sur le fait que vous avez passé pas mal de temps - non, je dois être franc avec vous - pas mal de temps ces derniers temps sur Google. Tu n'as pas attiré de nouveaux clients. Très franchement, je suis - nous sommes, en tant que cabinet, vous savez, nous sommes inquiets, parce que vous ne tenez pas la route. Vous ne tirez pas votre épingle du jeu. "

Il a hésité quelques secondes. Sa bouche s'était ouverte, mais il l'avait refermée, sans rien dire.

" Qu'est-ce que tu as à dire pour ta défense ? ", lui a demandé son patron, " Une, euh, explication ? ".

"Je-non", a-t-il bégayé. "J'ai juste..."

"Crache le morceau, mon gars", lui dit le patron. "Il doit bien y avoir une explication !"

Il se contente de secouer la tête.

"Peut-être as-tu des problèmes familiaux ?"

"Non."

"De l'alcool ? La drogue ? Un décès dans la famille ? Un divorce ?"

Il a secoué la tête en disant non. Si seulement c'était vrai !

"Allez, mec", a dit son patron, de plus en plus exaspéré. "Donne-moi quelque chose à travailler, là. N'importe quoi !"

"J'ai subi beaucoup de stress. Beaucoup de pression."

"Oui, voilà ce que tu as maintenant, mon garçon. Je sais que je t'ai pris au dépourvu en débarquant dans ton bureau à l'improviste, mais maintenant tu as compris, mon garçon. Dis-m'en plus. Comment pouvons-nous t'aider ? Je veux dire, moi et les associés."

"Je ne sais pas vraiment", dit-il. "Je pense qu'il vaudrait mieux que tu, euh, me renvoies".

"Voyons, voyons, qui a parlé de te licencier ? Nous n'en sommes pas encore là. Tu as sept - compte-les - sept bonnes années à ton actif. Bon, soyons réalistes - c'est probablement plutôt six ans et demi - mais tu es un membre apprécié de notre équipe. Nous voulons vous aider, si vous le voulez bien. Comment pouvons-nous t'aider, mon garçon ?"

"Si vous n'envisagez pas de me licencier, pourriez-vous envisager un congé ? Peut-être un mois de congé ? Sans salaire, c'est parfait. Ça ne me dérange pas. I-"

"Sans salaire, tu dis. Eh bien, il n'y a pas lieu de se priver de salaire. Je vais préparer les papiers aujourd'hui. Nous l'appellerons "congé pour cause de stress". Un mois entièrement payé. Prends ta femme et euh, Buddy et va passer de bonnes vacances quelque part. Détends-toi." Il s'est levé, s'est penché sur le bureau et ils se sont à nouveau serré la main.

"Merci, monsieur", dit-il. "Merci. Vraiment."

"Heather te donnera les papiers à signer avant la fin de la journée. Travaillez aujourd'hui, terminez tout ce que vous pouvez et déléguez le reste à quelqu'un d'autre. J'enverrai une note de service à toute l'entreprise, pour dire que tu as un mois de congé -

mais nous ne dirons pas pourquoi, bien sûr." Il se toucha le nez, comme pour affirmer leur secret commun. "Ce sera entre toi et moi "

Il s'est levé et a raccompagné son patron jusqu'à la porte. Son patron lui a donné une tape dans le dos.

"Prends soin de toi et ne t'inquiète pas pour les choses ici. Nous tiendrons le fort jusqu'à ton retour."

"Merci encore, Monsieur", a-t-il dit, et il a même réussi à sourire un instant.

Puis il s'est assis devant son ordinateur et est retourné une fois de plus à ses recherches. À la fin de la journée, tout le monde s'est rassemblé autour de lui. Il espérait qu'ils ne lui avaient pas acheté de cadeaux ou quoi que ce soit d'autre. Ce n'était pas le cas.

C'était un bon départ. Il rangea toutes ses affaires personnelles dans son sac et se sentit très soulagé lorsqu'il remonta dans sa voiture.

Comme d'habitude, il arriva à la maison avant Jayne. Il a emmené Buddy faire un tour rapide du pâté de maisons, puis il est retourné à son ordinateur. Il a regardé son testament et a envisagé d'y apporter quelques modifications.

Jayne était toujours le seul bienfaiteur. Il décida de laisser quelque chose au refuge pour animaux où ils avaient trouvé Buddy. C'était une bonne somme - ils pourraient aider beaucoup d'animaux errants avec l'argent, et ce faisant, sa vie aurait eu un sens.

"Viens ici, Buddy", dit-il. "Tu dois t'occuper de Jayne maintenant, d'accord ? Je compte sur toi."

Buddy a sauté et a posé ses pattes sur ses épaules. Ils se sont serrés l'un contre l'autre. Il essuya une larme de ses yeux.

Ensemble, ils sont allés à la cuisine. Il remplit la gamelle de Buddy, puis fit couler de l'eau fraîche du robinet et remplit sa gamelle d'eau.

Buddy s'est dirigé directement vers la nourriture, mais il l'a rattrapé pour le serrer à nouveau dans ses bras. Il a retenu un sanglot en allant dans la chambre et en commençant à préparer un sac de voyage. Il n'y a mis que l'essentiel, a laissé son passeport sur le dessus de son bureau, puis s'est assis pour écrire un mot à Jayne.

Le texte était le suivant :

Très chère Jayne, je t'aime plus que tout, mais je pense que tu serais mieux sans moi. S'il te plaît, occupe-toi de Buddy pour moi. Je suis désolé qu'il en soit ainsi, mais j'ai fait le vœu de te rendre heureuse, et c'est le seul moyen.

XOXO l'infini.

Ton mari aimant.

Alors qu'il roulait sur l'autoroute des princesses, il pensait aux choses qu'il regrettait le plus. Il n'avait pas suivi ses rêves. Il n'avait pas laissé Jayne poursuivre les siens. Au début, ils avaient été une force avec laquelle il fallait compter. Mais maintenant, ils... eh bien, les choses étaient différentes. Elle avait voulu voyager, voler, décoller et partager des aventures ensemble, mais il s'était toujours dégonflé.

Il regrettait d'avoir eu peur. Il se détestait pour cette peur.

Cela lui donnait l'impression d'être moins qu'un homme. Et puis, quand il n'a pas eu assez de nageurs, c'est la goutte d'eau qui a fait déborder le vase.

C'est à ce moment-là qu'il a commencé à tout remettre en question. Pourquoi avait-il été placé sur terre ? Quel était son but ?

Comment pouvait-il changer les choses ?

Il s'est souvenu de ce matin, quand il avait embrassé Jayne pour la toute dernière fois. Bien sûr, elle ne le savait pas, mais lui le savait. Même s'ils ne lui avaient pas donné un mois de congé, il n'allait pas y retourner demain pour quoi que ce soit. Non, il avait d'autres projets. D'autres endroits où aller. D'autres choses à faire.

Pour une fois, depuis très longtemps, il avait un but.

Il a dû arrêter la voiture à ce moment-là, pour se garer. Il a à peine réussi à sortir du véhicule à temps. Ses mains tremblaient tandis qu'il vomissait. Les nerfs. La peur. La colère. L'humiliation. Tout cela se bouscule dans son organisme et le déstabilise.

Alors qu'il remontait dans la Lexus, son téléphone s'est mis à sonner. C'était Jayne. Il a cliqué sur le bouton pour arrêter la sonnerie et a envoyé l'appel directement sur la boîte vocale. Il a regardé le téléphone s'allumer quelques instants plus tard avec un message. Il appuya sur le bouton pour écouter.

"Je viens de rentrer à la maison et j'ai trouvé ton mot - je ne comprends pas. Buddy et moi ne comprenons pas." Buddy a aboyé comme prévu. "Reviens à la maison, d'accord ? Rentre à la maison et nous pourrons en parler. Parle-en." Elle renifle. "Tu es là ? Est-ce que tu m'écoutes ? Écoute !" La voix de Jayne s'est tue pendant quelques secondes. Le message s'est interrompu. Elle rappelle à nouveau. "Je sais que tu m'écoutes, toi, toi, je t'aime. Réponds-moi!"

Il raccrocha, éteignit son téléphone et le mit dans la boîte à gants. Ils le trouveraient là - après.

En s'éloignant du trottoir, il fit crisser les roues de sa voiture. Il a fait monter le moteur en régime, a appuyé sur le plancher et a démarré en trombe.

Il a conduit une bonne partie de la nuit. Il était un peu paranoïaque à l'idée que Jayne puisse faire intervenir la police, mais il ne s'est rien passé. Il espérait qu'elle ne lui en voudrait pas trop.

Il n'y avait pas de retour en arrière possible.

D'ailleurs, il n'en avait pas envie.

Après tout, il avait accompli tout ce qu'il voulait - tout ce qu'il pouvait.

***

Debout au sommet de la montagne, ses genoux tremblaient de façon incontrôlable. Il poussa quelques pierres du bord et les regarda dégringoler vers le bas. Il écouta les roches descendre, cliqueter et s'écraser contre la pierre. Finalement, il n'entendit qu'un léger clapotis, puis le silence se fit.

C'était une vue impressionnante - les Montagnes bleues - et maintenant, tout ce qu'il avait lu à ce sujet était parfaitement logique. Lorsque vous vous tenez tout là-haut, vous vous sentez petit par la taille et la stature, mais vous faites partie de quelque chose de plus grand que vous. Vous vous sentez en harmonie avec l'univers et, d'une certaine façon, vous n'avez pas peur.

À ce moment-là, un groupe de cacatoès bruyants lui a fait remarquer sa présence. Leurs cris forts et aigus l'ont poussé à se boucher les oreilles.

Tu n'es pas obligé de faire ça, se dit-il. Tu n'as rien à prouver à personne. Tu pourrais faire demi-tour et retourner chez Jayne et Buddy, et personne ne s'en apercevrait. Jayne comprendrait si tu lui expliquais simplement ce qui s'est passé au bureau. Elle comprendrait tout à fait et te soutiendrait.

Il réfléchit encore un moment, tout en regardant les nuages se frayer un chemin dans le ciel.

La vérité, c'est qu'il ne pouvait pas vivre avec lui-même. Avec cette peur constante. C'était trop pour lui de mettre ça de côté et de rentrer chez lui, en faisant comme si rien ne s'était passé. S'il abandonnait maintenant et retournait à la vie telle qu'elle était, alors il ne pourrait plus se regarder dans le miroir. Il ne serait plus un homme, pas vraiment. Il ne serait rien. Sa vie ne signifierait plus rien.

"C'est maintenant ou jamais", a-t-il dit.

Et lorsque le moment est venu, il n'y a plus réfléchi.

Il s'est engagé à fond, pour la première fois de sa vie.

Il s'est rapproché du bord et a simplement laissé son corps tomber en avant, en commençant par la tête. C'était facile, à cause de la pente raide. Bientôt, ses épaules, son torse et ses jambes naviguaient tous vers le bas en parfaite synchronisation.

Il a crié. Il n'a pas pu s'en empêcher. Il ferma fermement les yeux, se concentrant tandis que le vent le ballottait et le secouait comme une marionnette.

Il se força à ouvrir les yeux, et ce fut comme s'il volait.

Il avait l'impression d'être en apesanteur, et il semblait qu'il était fait pour cela, pour s'envoler. Il rit alors qu'il coule vers le fond comme une pierre.

Tout s'est terminé en quelques minutes.

"Totalement garce !" s'exclame-t-il alors qu'il est suspendu à l'envers au bout d'une corde élastique.

"Encore ! Encore !" s'est-il écrié lorsqu'ils l'ont remonté.

AU REVOIR

"RACONTE-MOI L'HISTOIRE DE LA première fois que tu as rencontré papa", demande ma fille de sept ans, même si elle a entendu la même histoire de très nombreuses fois.

"Tu es sûre, ma chérie ?" J'ai demandé, sachant très bien ce qu'elle répondrait.

"S'il te plaît !" dit-elle en me regardant avec ses grands yeux bleus qu'elle a hérités de son papa.

"La version longue ou condensée ?" J'ai demandé, en poussant une frange de cheveux hors de ses yeux.

"La longue !" a-t-elle dit en applaudissant comme si elle n'allait jamais s'endormir.

"Chut", ai-je dit. "Hmm, maintenant, où est-ce que tout cela a commencé ?"

"'Au revoir', a dit papa", a roucoulé ma fille.

"C'est vrai ma chérie", ai-je répondu en omettant la partie où son papa m'a poussée contre la portière de la voiture.

J'ai attrapé mon sac à main, passé mon bras dans la courroie et, pesant de tout mon poids sur la portière comme si j'étais un joueur de baseball, je l'ai poussée pour qu'elle s'ouvre. En commençant par mes chaussures à talon droit, je n'ai pas tardé à me rendre compte que nous nous étions arrêtés près d'une flaque d'eau qui m'arrivait à la cheville. Avant que mon cerveau n'ait pu l'enregistrer pour éviter que mon pied gauche ne s'y enfonce, c'était déjà fait. Pourtant, j'allais sortir, m'enfuir, quels que soient les dommages causés à mes chaussures préférées.

"Oh", dis-je, maintenant complètement sortie du véhicule et tournant le dos au conducteur.

"Alors tu as marché dans une flaque d'eau !" grince ma fille.

"Oui, et ton papa a ricané en s'éloignant avec une embardée du pneu arrière, ce qui a fait gicler le contenu de la flaque sur le reste de mon corps. J'ai balayé l'eau sale, froide et puante d'une pichenette avant qu'elle ne se dépose sur ma robe. De l'autre main, j'ai levé mon majeur en direction du véhicule qui désertait."

Je me suis arrêtée, ayant oublié de supprimer ce passage.

"Pourquoi as-tu fait ça ?" commence ma fille.

"Peu importe", continuai-je, "juste à temps pour apercevoir mon sac à main rebondir le long du véhicule. Ack ! Ce sac à main noir m'avait donné dix ans de bonheur parce qu'il allait avec tout et dans toutes les situations. À double usage, il pouvait se porter soit sur l'épaule, soit sur l'épaule et en travers de ma poitrine. Il y avait des compartiments intégrés pour tout, y compris mon téléphone."

"Oh non, ton téléphone !" s'exclame-t-elle.

"Oui", ai-je répondu en souriant. "Comment allais-je faire pour me sortir de ce pétrin ?". Plus important encore, tu te demandes comment j'en suis arrivé là. J'y reviendrai dans une minute, mais je dois d'abord évaluer ma situation. Faire le point et prendre les choses en main. Tout d'abord, j'ai évacué l'eau de mes chaussures en sortant de la route, en traversant l'herbe humide de rosée et en montant sur le trottoir. J'ai remis mes chaussures en place, en préférant l'humidité aux rampants nocturnes qui pourraient se cacher, et je me suis dirigé vers le réverbère le plus proche.

"Maintenant, en plaçant mes mains sur mes hanches dans une posture de Wonder Woman, je me suis mise à élaborer un plan pour me sortir du pétrin dans lequel je m'étais mise."

"C'était un beau quartier", dit-elle.

"Avec des pelouses entretenues et pas une mauvaise herbe ni un véhicule en vue - ils étaient tous bien rangés dans leurs garages doubles ou triples. De belles maisons, qui contiennent de belles personnes. N'est-ce pas ? J'ai donc décidé sans tarder de choisir une maison, de frapper à la porte d'entrée et de demander de l'aide. J'ai choisi la maison, numéro sept porte-bonheur, et je me suis dirigé vers elle. En chemin,"

"Tu t'es sentie malheureuse, maman."

"C'est vrai. Je ne méritais pas d'être bloquée au milieu d'un territoire inconnu, tard dans la nuit, toute mouillée, puante et sans un sou. Alors que je m'approchais de l'élu, le numéro sept, un vrombissement a rempli l'air, suivi par le whoosh d'un arroseur automatique qui se frayait un chemin. Je n'ai pas couru au début, j'étais déjà mouillée, mais quand le jet d'eau s'est tourné vers moi, en criant, j'ai pris mes jambes à mon cou. Maintenant, mon visage était mouillé de larmes que je n'avais pas pleurées alors que je traversais sur la pelouse de la maison qui, je l'espérais, me sauverait. Numéro sept".

"Tu ne devrais jamais parler aux inconnus, maman", dit ma fille.

"C'est vrai ma chérie, mais j'étais en difficulté, mouillée et sans mon téléphone. Tu as toujours ton téléphone et les numéros de papa, de grand-mère et de tante Lil sont dedans."

"Et je connais ton numéro, celui de papa et celui de grand-mère dans ma tête".

"C'est vrai bébé. Alors, revenons à l'histoire. Tu n'es pas encore un peu fatiguée ?"

"Non, j'attends toujours la meilleure partie !"

Je continue : "Maintenant que j'étais là, je me suis demandé quelle heure il était. Et je me suis demandé s'il y avait quelqu'un à la maison. Et je me suis demandé s'ils étaient là, s'ils allaient m'aider. J'étais mouillé, sale et je n'avais aucune pièce d'identité. Ma confiance diminuait d'instant en instant, alors que je me retournais, appuyé contre la sonnette qui résonnait de haut en bas de la maison, alors que les lumières s'allumaient et s'éteignaient. Et j'ai couru. En direction de l'endroit où j'avais été déposée. Un territoire familier en quelque sorte. Je marcherais jusqu'au magasin du coin où ils auraient un téléphone qu'ils me laisseraient utiliser et je pourrais appeler à l'aide et leur envoyer l'argent pour l'appel. Oui, c'est ce que j'avais l'intention de faire jusqu'à ce qu'une voiture roule à côté de moi et qu'à l'intérieur je reconnaisse un visage amical. J'ai vraiment été sauvée !"

"C'était tante Lil !" a roucoulé ma fille et bien sûr, elle avait raison.

***

"En roulant dans la voiture avec Lil, je me suis souvenue de mon intérêt amoureux non partagé pour Jasper Winters. Je l'avais observé de loin, ses cheveux blonds ondulés, ses yeux bleus, son nez parsemé de taches de rousseur. Il était si gentil, si attentionné. Il sortait toujours avec une fille ou une autre et mes amis m'ont dit que mon obsession pour lui se rapprochait du stade du harcèlement. C'est pourquoi j'ai accepté d'aller à l'encontre de la chose que j'avais toujours refusé de faire - sortir avec un parfait inconnu à un rendez-vous à l'aveugle. Oui, c'était avec le même gars qui tenait maintenant mon sac à main en otage. Son nom : Adam Tr ent".

"Mon papa !" dit-elle en roucoulant. "C'est le meilleur moment".
J'ai souri.

"Cela avait été notre première rencontre, plus tôt dans la journée, dans l'aire de restauration du centre commercial. On s'était mis d'accord sur le lieu de rendez-vous, et c'était dans un endroit public. Un endroit où nous pourrions discuter avec beaucoup de mouvement autour de nous. Ce cadre nous permettrait d'évacuer la pression. Il rendrait moins pénibles les moments où aucun de nous n'a rien à voir. Est-ce qu'il y a un mot pour désigner le vide ? Je ne sais pas, mais tu as compris l'essentiel. Par l'intermédiaire de notre ami commun, nous avons convenu que c'était une occasion pour nous d'apprendre à nous connaître face à face. S'il y avait une connexion, nous avons convenu à l'avance d'organiser la prochaine rencontre qui inclurait soit un film, soit un dîner. L'étape suivante n'a lieu que si nous ressentons tous les deux une connexion. Sinon, nous étions tous les deux d'accord pour dire que c'était hasta la vista baby ! Adios et bon débarras ! Si seulement j'avais su à l'époque ce que je sais maintenant ! Je ne serais pas dans cette situation. Mais comme le dit le proverbe, le recul est de 20/20. Lorsque j'ai posé les yeux sur lui pour la première fois, en face de l'aire de restauration, il n'était pas du genre à se démarquer dans la foule. J'ai tout de suite aimé ça chez lui, qu'il se fonde dans la masse comme moi et quand j'ai roulé son nom, Adam Trent sur ma langue en le prononçant, ça lui allait bien et je me suis tout de suite détendue."

"Le coup de foudre", s'exclame ma fille.

"C'était le cas", ai-je répondu. "Après avoir fait les présentations, s'être donné des coups de coude puisque nous portions tous les deux nos masques obligatoires, il m'a demandé ce que je voulais boire et il est parti chercher le café. Il a bien pris ma commande, de la crème et un sucre, ce qui m'a montré qu'il savait écouter, et je me suis sentie pleine d'espoir. Alors que nous étions assis et que nous sirotions nos cafés, nous avons bavardé avec un sentiment de familiarité, comme s'il s'agissait de plus que de simples connaissances, plus proches d'amis. Il riait, mais pas trop fort. Je détestais les gens qui riaient très fort, attirant l'attention sur eux. Adam n'était pas comme ça. Il était prévenant, gentil, compréhensif et parler avec lui me semblait normal. Ou devrais-je dire comme la nouvelle normalité puisque nous discutions librement tout en portant nos masques de protection. Pourtant, je ne pense pas que j'aurais eu tort de penser, si quelqu'un nous observait, qu'il serait clair pour lui que nous nous sentions à l'aise en compagnie l'un de l'autre. Nous avons avancé dans notre conversation d'une chose à l'autre assez facilement et bientôt il m'a dit qu'il irait à l'université à l'automne. Je l'ai informé assez maladroitement que je prenais une année sabbatique. Je ne lui ai pas dit les détails, que j'avais besoin de gagner de l'argent avant de pouvoir revenir. C'était trop d'informations et ce n'était pas quelque chose qu'il avait besoin de savoir sur moi. Je ne lui ai pas dit non plus que j'avais obtenu une bourse pour étudier la littérature anglaise classique."

"J'espère me spécialiser dans la littérature du vingtième siècle", a-t-il révélé.

"Wow !" Je me suis exclamé : "Je veux me spécialiser en littérature anglaise classique !"

"Avec cet amour majeur de la littérature en commun, nous ferions facilement le lien, n'est-ce pas ? Nous aurions un pont d'une terre de littérature à l'autre. Il découvrirait mes auteurs préférés et je découvrirais les siens, et nous vivrions heureux jusqu'à la fin de nos jours. C'est ce qu'une partie de moi pensait. De l'autre, je l'écoutais chanter les louanges de son auteur préféré au monde - Kurt Vonnegut. Il continuait à faire l'éloge et à vanter tout ce qui concernait son choix du plus grand roman de tous les temps - Abattoir 5."

"Jusqu'à ce qu'il aille trop loin", réplique ma fille.

"Oui, beaucoup trop loin. En fait, il est allé tellement loin que je n'ai pas eu d'autre choix que de défendre les vrais maîtres, comme Shakespeare, Dickens et Twain, dont les œuvres ont résisté à l'épreuve du temps". Après que son visage a repris sa couleur normale, il a glissé quelques Vonnegut-ismes dans la conversation, tels que : "Il n'y a que dans les livres qu'on apprend ce qui se passe vraiment."

"C'était une bataille de livres !" dit ma fille.

"Oui, et notre première dispute. J'ai dit : "Tu parles d'une évidence !" avant de riposter avec la phrase de Mark Twain : "Il vaut mieux garder la bouche fermée et laisser les gens penser que tu es un imbécile que de l'ouvrir et de lever tous les doutes." J'avais lu quelque part que Twain était l'un des auteurs préférés de Vonnegut. C'était tout de même un point positif chez lui.

"Il s'est levé, a traversé la table et m'a embrassé longuement et fort, masque contre masque. En plein milieu de l'aire de restauration. C'était en réponse au fait que j'avais attrapé sa main quand il avait dit que Vonnegut était le Shakespeare de notre époque. Il l'avait dit avec une telle conviction, du fond du cœur et de l'âme qu'il m'avait presque fait croire que c'était vrai."

"Eux que tu as embrassés ! Beurk !" dit-elle en se couvrant le visage.

"Le baiser, bien que brusque et inattendu avait été chaud même si nous avions des masques entre nous. Nous n'avions pas remarqué que les autres dans l'aire de restauration nous regardaient - nous l'avons laissé durer trop longtemps. Après nous être séparés, nous nous sommes posés à nouveau et avons éclaté de rire. Nous avons immédiatement décidé d'aller voir un film au centre commercial. Sur le chemin du cinéma, cette connexion s'est étiolée. Si nous aimions les mêmes films, nous pourrions la raviver ? Tout ne serait pas perdu ? Nous avons discuté des films qu'il aimait et avons convenu que le dernier film de Tom Cruise nous conviendrait à tous les deux - mais comme il avait déjà commencé, c'était impossible. Nous n'avons pu nous mettre d'accord sur aucun autre film.

"Allons manger quelque chose", a-t-il suggéré.

"Il était presque dix heures et je mourais de faim moi aussi. Nous n'avions bu que du café, il y a longtemps, et nous sentions l'odeur du pop-corn depuis un bon moment."

"Ça me va", dis-je.

"Dans le centre commercial ou à l'extérieur ?" a-t-il demandé.

"J'ai dit que nous devrions prendre l'air, et nous sommes donc sortis du centre commercial pour aller dans le parking à plusieurs niveaux. Nous avons erré pendant plus de trente minutes avant qu'il ne me dise qu'il ne se souvenait plus où il s'était garé.

"Alors tu as enlevé tes chaussures".

"Vonnegut a dit : "Nous sommes ce que nous prétendons être, alors nous devons faire attention à ce que nous prétendons être"."
Il fait une pause. "Euh, tu n'es pas très dame, n'est-ce pas ?"

"'Es-tu un homme ?" ai-je demandé en citant Lady Macbeth. Immédiatement, je me suis sentie mal à propos de cette citation particulière et j'ai rapidement changé de sujet. "Et la carte ? Tu sais, là où tu paies ? Elle ne dit pas à quel niveau tu t'es garé ?"

"Je sais que je me suis garé à CE niveau", a-t-il répondu, en continuant d'appuyer sur le bouton de son porte-clés et en écoutant la réponse comme un oiseau qui appelle son compagnon. Lorsque la voiture et le porte-clés se sont enfin trouvés, il était près de 23 heures.

"Maintenant dans le véhicule, avec des échelles qui remontaient le long de mes deux jambes et le dessous noir de mes pieds, j'ai pris une grande respiration et j'ai essayé de me détendre. La nourriture aiderait certainement à améliorer mon humeur et, je l'espère, la sienne aussi. Il n'était pas trop tard pour recommencer. Nous nous étions si bien entendus jusqu'au clash littéraire. Les ceintures de sécurité bouclées, il a appuyé sur le plancher et nous sommes partis, nous avons contourné le parking et nous sommes sortis dans la rue. Nous avons roulé pendant un bon moment, en écoutant de la musique country. Il chantait, tandis que je luttais contre l'envie de dire "yippie ki-yay !".

"Alors, quel genre de nourriture aimes-tu ?" "Il m'a demandé après que nous ayons écouté la dernière suggestion de restaurant de tacos à la radio."

"Je n'ai plus faim", ai-je répondu, pensant qu'il voulait, vu l'à-propos de la suggestion, m'emmener dans un restaurant de tacos. Je détestais les tacos. Comment le fait de manger un taco, avec de la viande et des trucs qui tombent partout, pouvait-il même correspondre à ses critères de femme ? Je ne voulais pas le savoir. C'est surtout par dépit que j'ai dit : "Shakespeare est le roi de la littérature et Vonnegut n'est qu'un bouffon en comparaison."

"Puis papa a freiné."

"Nous étions le seul véhicule en banlieue - au milieu de nulle part et c'est l'histoire de la première rencontre entre ton papa et moi", ai-je dit en me levant et en bordant ma fille. Elle s'est étirée, a baillé et quelques instants plus tard, elle dormait profondément. J'ai fermé la porte en sortant et je suis allée dans notre chambre.

SEULEMENT VINGT

Lorsque tante Gin est décédée, seuls vingt invités en dehors de notre bulle familiale ont été invités à assister à l'enterrement. Ce nombre était limité en raison de la pandémie. La distanciation sociale et les masques étaient obligatoires tout au long de la journée. Cela comprenait le service au funérarium, l'enterrement et le repas.

Comme tante Gin savait qu'elle approchait de la fin de sa vie, elle a personnellement sélectionné les vingt invités avant de quitter ce monde de fous.

Comme le veut la tradition familiale, elle souhaitait toujours un cercueil ouvert. Avec une nouvelle demande cependant. Elle voulait aussi porter un masque. Tante Gin a toujours eu un drôle de sens de l'humour.

"Comment suis-je censée prononcer un éloge funèbre approprié ? Un éloge que ma sœur mérite... alors que je porte un de ces masques stupides !", demande Marvin, le jeune frère de Gin.

Son deuxième cousin, Frank, est assis en face de lui. Il tire une bouffée sur sa cigarette, plongé dans ses pensées, avant de répondre.

"Ils auront un micro et ça suffira".

La nièce préférée de tante Gin, Mary, qui était dans la cuisine en train de préparer le thé, s'est écriée.

"Il sera réglable, le micro, je veux dire à ta taille. Comme ça, tu pourras t'assurer que ta bouche," elle s'essuya les mains sur son tablier et fatiguée de crier entra dans le salon. Elle s'arrêta au milieu de sa phrase, réalisant alors qu'elle avait oublié d'apporter le thé, elle battit rapidement en retraite. Elle revint avec un plateau surchargé qui cliquetait à chaque pas.

Frank et Marvin regardaient toujours dans sa direction, la bouche grande ouverte, attendant qu'elle termine sa phrase.

"Est positionné juste devant", dit-elle comme si aucun temps ne s'était écoulé entre sa première et sa dernière phrase. Maintenant qu'elle l'avait dit, elle se rendait compte que le simple poids du plateau faisait trembler ses bras. Elle se baissa et le descendit avec précaution sur la table en verre. "Merci pour, euh, l'assistance", ajouta-t-elle d'un ton qui tranchait avec le sarcasme alors qu'elle s'accroupissait pour se préparer à verser.

Marvin et Frank n'ont pas levé le petit doigt. Ce qui était normal pour eux deux. Une femme faisait des choses féminines, et un homme des choses masculines.

Elle remplit la casserole, puis ouvre le nouveau paquet de biscuits au chocolat qu'elle avait gardé pour la compagnie. Tante Gin et elle gardaient toujours une boîte de leurs biscuits préférés dans le placard - mais elles n'y touchaient jamais. Elles savaient toutes les deux qu'elles consommeraient tout le paquet si elles l'ouvraient, alors elles ne le sortaient que lorsqu'elles avaient de la compagnie.

La jeune femme et tante Gin ont toujours été espiègles et de mèche. Se souvenant que sa tante était très pointilleuse sur la présentation, elle étale les biscuits sur l'assiette. Elle se demanda si tante Gin l'observait d'en haut. Elle soupire, car elle a l'impression qu'il lui manque une partie d'elle-même.

Marvin n'était pas complètement engagé. Au contraire, il regardait par la fenêtre en pensant à la nécessité de porter un masque. Frank soufflait sur une nouvelle cigarette qu'il avait allumée immédiatement après que l'autre se soit consumée.

Marvin, remarquant enfin le chef-d'œuvre de sa nièce, lui demanda : "Mais qu'est-ce que tu fais en bas ?".

"Pourquoi, je prépare le thé et les biscuits", dit Mary en remuant la marmite, puis en refermant le couvercle et en lui donnant un coup pour la hâter.

"Alors prends une chaise, ou quelque chose comme ça. Ne reste pas accroupi comme un..."

"Squatter", dit Frank, riant de sa blague puisque personne d'autre ne le faisait.

"Peu importe, c'est prêt maintenant", dit Mary. Elle a rempli les tasses vides avec le liquide doré et vaporeux. Puis elle a ajouté une giclée de lait et les quantités de sucre habituellement demandées. Elle-même ne prenait pas de sucre. "Tu veux un biscuit au chocolat ? C'était les préférés de tante Gin."

"Ce serait sacrément dommage de gâcher ton dessin tourbillonnant", dit Marvin en tendant la main et en faisant exactement cela.

"Pas pour moi", dit Frank. "Les biscuits et les cigarettes ne vont pas ensemble".

Mary a servi à Marvin sa tasse de thé en premier, car il était l'aîné. Puis elle a placé la tasse de Frank sur un dessous de verre à côté de sa chaise puisqu'il était occupé par ailleurs. C'est-à-dire à allumer une autre cigarette. Elle grimaça lorsqu'il déposa le mégot de l'ancienne sur la soucoupe en porcelaine fine de tante Gin.

"Merci", ont-ils tous deux roucoulé.

Mary a refixé le dessin du biscuit, a jeté un coup d'œil vers le haut. Puis elle en a délicatement retiré un de chaque extrémité et a traversé la pièce en essayant de ne pas renverser sa tasse de thé trop pleine en se dirigeant vers le canapé à deux places. Elle évitait de s'y asseoir maintenant que tante Gin n'était plus à côté d'elle. Une partie d'elle avait l'impression que l'équilibre de l'univers était rompu sans Gin.

Avant que les jours de tante Gin ne soient comptés, Mary et elle dînaient presque tous les soirs sur des plateaux devant la télévision, assises dans le canapé à deux places, en regardant Coronation Street. Mary enregistrait l'émission depuis lors, attendant que l'esprit de Gin atteigne sa destination pour qu'elles puissent regarder l'émission ensemble comme elles l'avaient toujours fait.

C'était avant que l'oncle Marvin et le cousin Frank n'emménagent. Avant que la pandémie n'oblige les parents à vivre ailleurs. Maintenant, ils formaient leur propre bulle sociale, c'est-à-dire qu'ils n'avaient pas besoin de porter des masques à proximité les uns des autres. Mais dans quelques heures, ils devront enfiler les redoutables masques pour la cérémonie funéraire - personne ne veut être l'infecteur ou l'infecté.

"Ce que j'aimerais savoir, c'est pourquoi Gin portera un masque. C'est la première chose à faire", dit Marvin. "Deuxièmement, pourquoi elle a invité les membres de sa famille comme elle l'a fait. Certains d'entre eux n'ont pas été en contact avec elle, ni avec aucun d'entre nous, depuis plus de vingt ans. Dieu sait que Gin a essayé de garder la famille unie, à une époque où rester ensemble aurait dû être une évidence."

"Les masques sont obligatoires pour tout le monde et Gin voulait que tout le monde soit concerné. Et oui, tante Gin a toujours été celle qui pensait le mieux à tout le monde", dit Mary.

"Même quand ce n'était pas justifié", dit Frank en allumant une autre cigarette puis en ajoutant : "Cette soucoupe commence à être plutôt pleine."

Mary a posé sa tasse de thé sur la table, a attrapé la soucoupe et l'a jetée dans la poubelle de la cuisine. Elle trouve une soucoupe ébréchée au fond du placard - tante Gin n'autorisait pas à fumer dans la maison et n'avait donc pas de cendrier - et la pose sur la table à côté de la tasse de thé et de la soucoupe de Frank. Il fait un signe de tête.

"L'un de vous deux veut-il se resservir puisque je suis debout ?" demanda-t-elle.

Marvin tendit lui aussi sa tasse vide. "Et un autre de ces biscuits me conviendrait très bien".

Mary attrapa deux biscuits, un à chaque extrémité du dessin et les plaça sur la soucoupe avec une cuillère à café, avant de verser le thé, le sucre et le lait. "Je vous remercie", dit Marvin en soufflant sur le thé avant d'en prendre une gorgée.

Frank a refusé plus de thé d'un geste de la main. "Aucun d'entre nous n'a contacté ces bons à rien parce qu'on ne les supportait pas. Gin non plus - c'est du moins ce que je pensais."

Marvin a trempé un biscuit dans le thé, qui s'est émietté et cassé. Il a utilisé la cuillère à café pour le récupérer, aspirant le biscuit détrempé avant qu'il ne se dissolve en rien.

"Ces biscuits ne sont pas recommandés pour être trempés", a dit Mary en souriant.

"C'est maintenant qu'elle me le dit", a déclaré Marvin.

"Tu veux que j'aille te chercher une autre tasse et une autre soucoupe ?".

"Non, tu restes à ta place. Tu as couru partout pour t'occuper de nous comme si tu étais notre employé. Je vais me débrouiller, mais merci de m'avoir demandé."

Mary sourit et mordit dans son biscuit. Elle le savoura tandis que le chocolat fondait sur sa langue.

Le trio s'assit tranquillement, tripotant leurs tasses de thé, leurs biscuits et leurs cigarettes, jusqu'à ce que Mary brise le silence.

"Tante Gin avait des remords, parce qu'elle avait perdu le contact avec les gens. Cela pesait lourdement sur son cœur et même si les vingt invités - même lorsqu'elle les contactait - ne répondaient pas à ses appels ou à ses lettres, elle ne les a jamais rayés de la carte. En fait, elle priait pour eux tous les soirs avant de s'endormir."

Son frère était fasciné et confus. "Gin, elle a prié pour le grand-oncle Dave, qui l'a pratiquement tuée quand elle est restée avec eux quand elle était petite pendant les vacances d'été ? C'est une chose énorme qu'elle doit pardonner. Je suppose qu'elle s'est adoucie avec l'âge."

Mary se tient debout, les mains sur les hanches, "Tante Gin était beaucoup de choses, mais il y a une chose qu'elle n'était pas, c'était molle. Elle leur aurait botté les fesses s'ils s'étaient présentés à la porte sans prévenir avant qu'elle ne tombe malade - tu sais qu'elle détestait que les gens se présentent sans invitation - mais elle voulait se réconcilier, pardonner et oublier." Ses mots sont restés coincés dans sa gorge, tout comme le dernier biscuit qu'elle venait d'avaler.

Frank s'est levé, a traversé la pièce et lui a donné une grande claque dans le dos. Un biscuit partiellement mangé a volé à travers la pièce, atterrissant dans la tasse de thé de Marvin avec une éclaboussure.

"Tu ne sais pas que tu es censé mâcher avant d'avaler ?" dit Marvin en remettant son thé sur le plateau avec un regard de dégoût.

"Je suis vraiment désolée", dit Mary en ramassant tout et en l'emportant dans la cuisine.

***

Mary rince les tasses et met tout dans le lave-vaisselle, puis monte à l'étage pour utiliser les toilettes et mettre de l'ordre sur son visage. Elle avait pleuré et ne voulait pas que cela se sache. En descendant les escaliers, elle a entendu des voix s'élever. Elle s'est empressée de descendre.

"J'aimais ma sœur plus que n'importe qui au monde !" dit Marvin. "Mais je ne vois pas pourquoi le fait qu'elle me demande de faire l'éloge funèbre, devrait être un problème pour toi !".

"Allons, allons," dit Mary.

"J'aurais juste été meilleur pour le faire", a dit Frank. "On me l'a déjà demandé et j'aurais été moins émotif, moins moralisateur".

"Pourquoi toi !" dit Marvin en levant ses poings fermés en l'air et en les agitant comme s'il faisait une imitation d'un boxeur d'autrefois.

Frank a traversé la pièce, lui aussi les poings levés. On aurait dit une version gériatrique caucasienne d'Ali contre Foreman.

Les deux se tenaient côte à côte, les yeux dans les yeux, jusqu'à ce que Mary se mette à gémir l'air préféré de tante Gin : "Chut petit bébé, ne dis pas un mot, papa va t'acheter un oiseau moqueur."

Les yeux de Marvin se sont remplis de larmes et il a lâché les poings avant de s'abaisser sur une chaise.

Frank resta figé, mimant les paroles du reste de la chanson pendant que Mary les chantonnait. Lorsqu'elle eut fini de chanter, il traversa la pièce, jusqu'à ce qu'une photo de tante Gin dans un cadre lui sourit. Lui aussi fondit en larmes.

"Voilà, voilà", dit Mary. "C'est bientôt l'heure de partir et nous voilà en train de nous disputer".

"Elle a raison", dit Frank. "En plus, nous aurons besoin d'un front uni quand ces bons à rien de buses se pointeront."

"Enfin, s'ils ne nous infectent pas - on est en pleine pandémie, ils ne le savent pas ?".

"Les traiteurs en tiendront compte. Pendant que nous serons au funérarium et au cimetière, ils mettront tout en place ici pour se conformer aux directives de distanciation sociale afin que tout le monde soit en sécurité."

"Mais ces ignorants devront quand même enlever leur masque pour engloutir la nourriture et boire l'alcool - et nous aurons besoin de beaucoup de ce dernier."

"Quelle honte !", répond Mary. "Tout cela a été géré et payé par tante Gin". Dégoûtée et en ayant assez d'eux, elle se retira dans sa chambre pour s'habiller avec la tenue noire qu'elle avait choisie. Les hommes étaient déjà dans leurs costumes noirs et prêts à partir.

"Je m'attends à ce qu'ils utilisent des couteaux et des fourchettes en plastique et des assiettes en papier", dit Frank. "Et ils auront des bouteilles de désinfectant pour les mains dans toute la maison et le jardin. Nos proches devront entrer à l'intérieur pour utiliser les installations, mais la plupart des débats se dérouleront à l'extérieur, dans le jardin."

"Dommage que Gin se soit débarrassé des installations extérieures", dit Marvin.

J'ai oublié de dire qu'ils peindront des marques sur l'herbe et/ou qu'ils mettront des panneaux pour indiquer aux gens où se tenir. Pour ce qui est des installations, nous avons loué des toilettes portables. Comme ils ne sont que vingt et que nous sommes trois, il devrait y avoir assez de place pour tous et les files d'attente ne devraient pas être si longues."

"Vous avez vraiment bien réfléchi !" cria Marvin. "On peut rentrer en douce tous les trois et utiliser les installations intérieures du q.t.".

Mary est apparue en haut des escaliers, prête à partir. "Merci. J'ai eu beaucoup de temps libre pour y réfléchir et je voulais que tout soit exactement parfait pour tante Gin. Elle et moi avons parlé de tout, jusque dans les moindres détails. Elle voulait me débarrasser du fardeau que représentait le fait que j'essaie de tout faire seul pendant que je pleurais sa perte."

Marvin caresse les poils de son menton. "S'il n'y avait pas eu cette maudite pandémie, elle aurait voulu plus. Elle aurait demandé qu'on brûle régulièrement sa grange - ou qu'on organise une veillée - pour célébrer sa vie. C'est ce qu'elle mérite ! "

Frank a répondu : "Ça, elle l'aura - et nous lui offrirons la meilleure de toutes - après la fin de cette pandémie. Nous inviterons les autres membres de la famille - ceux que nous aimons bien - et peut-être même quelques célébrités locales. Tout le monde a aimé Gin. Nous lui donnerons le coup de grâce qu'elle mérite

! Mais pour l'instant, nous devons tirer le meilleur parti de la situation."

Mary traversa la pièce, envisagea de s'asseoir - mais sa robe serait froissée, alors elle retourna à la cuisine pour plier des serviettes en papier. Elle avait proposé d'en faire autant que possible avant l'arrivée des traiteurs, sachant qu'elle aurait besoin de quelque chose pour s'occuper. Elle pensa à tout ce que tante Gin avait demandé pour ce jour-là. Elle voulait qu'un toast lui soit porté par Marvin, après que tout le monde ait pris part au repas. Elle avait même écrit les plats qu'elle voulait que l'on serve et choisi le traiteur qui les préparerait. Oui, tante Gin avait pensé à tout. Des éclats de voix dans le salon l'y ont ramenée.

"Gin a dit que j'aurais la part du lion dans l'entreprise, c'est pour ça qu'elle a fait de moi l'exécuteur testamentaire", dit Marvin.

"Elle a dit que je pouvais garder la maison", dit Mary. "C'est aussi ma maison - j'ai vécu ici avec tante Gin pendant la plus grande partie de ma vie".

"Personne ne conteste ce fait", a déclaré Frank. "Tu as tout abandonné, pour être ici et aider Gin quand personne d'autre ne pouvait le faire. Pourquoi, tu aurais pu te marier, avoir quelques enfants... mais tu as préféré ta famille à toi-même. C'est le moins qu'elle puisse faire, de te laisser la maison."

Marvin acquiesce. Pour une fois, ils étaient tous les deux d'accord sur quelque chose.

"J'ai dit à Gin que je ne voulais ni n'avais besoin de rien de sa part", dit Frank.

"Espérons qu'elle t'a ignoré alors", dit Marvin en riant et en voyant que les deux étaient enfin de bonne humeur,

Mary retourne à la cuisine pour terminer le pliage avant qu'ils ne partent au funérarium.

Bien que les serviettes soient en papier, elles étaient délicates et douces. Le bleu ciel avec une ligne rose dans le coin gauche avait aussi été le choix de tante Gin. Comme Mary continuait à plier, cela devenait automatique, alors elle regardait le jardin et laissait ses doigts faire le travail.

Ses yeux se sont dirigés vers les fleurs nouvellement plantées sous le chêne géant. L'haleine de bébé et les roses étaient en train de se terminer, mais leurs couleurs étaient encore vives et elles se déplaçaient comme de vieux amis qui dansaient lorsque le vent passait.

Alors qu'elle plie la dernière serviette, sa main droite effleure son ventre. Elle le faisait de temps en temps, même si elle n'avait pas eu d'enfant depuis des années. Le désir n'a jamais disparu. Tante Gin n'en a jamais parlé à personne. Mary non plus, pas même le père.

Et là, enterré sous ces fleurs, à l'ombre de ce chêne massif, se trouvait le lieu de repos éternel de son enfant. Sa petite fille n'avait pas survécu plus de quelques minutes dans ce monde.

Bientôt, les membres de la famille viendraient, et ils se réuniraient tous dans la maison qui était désormais la sienne - et ils célébreraient la vie de tante Gin.

Puis Mary, comme les autres, mettrait son masque et s'isolerait à cet endroit précis, sous l'arbre, où elle ne se sentirait jamais seule.

À l'endroit où elle savait que tante Gin serait à ses côtés, tenant la petite fille de Mary dans ses bras.

Le trio, tante Gin, Mary et le bébé seraient des témoins silencieux, tandis que le reste de la famille se déchirerait.

LE GARÇON PANDEMIQUE

"REGARDE, LE REVOILÀ - c'est Pandemic Boy", a crié le grand garçon aux cheveux blonds de dix ans.

Son ami n'était pas si grand, ni si longiligne, ni si blond - c'était un rouquin qui riait avant de mettre son grain de sel. "Où est ta cape, petit ? Tu ne sais pas que TOUS les super-héros ont une cape ?"

Le gamin qu'ils avaient surnommé Pandemic Boy était plus jeune que les deux autres, mais derrière son masque, il n'avait peur de rien.

"Pas Spiderman", a-t-il répondu avec un sourire en coin.

Bien qu'il soit plus jeune et plus petit en taille et en stature, non pas en pouces mais en pieds, les mains sur les hanches - ressemblant plus à Superman - il a demandé : "Et où sont VOS masques ?"

Ce n'était pas la première confrontation du soi-disant Pandemic Boy en temps de pandémie. Dans le passé, il avait utilisé la position de Superman aux armes croisées pour prendre le contrôle de la situation. Cela semblait bien fonctionner avec les enfants et les adultes. Cela l'aidait aussi de savoir qu'il avait la loi de son côté.

"Nous ne sommes pas des suiveurs", dit le garçon blond en protégeant ses yeux du soleil avec sa main gauche, puis en tournant le dos au gamin de façon à ce que lui et son ami se tiennent maintenant face à face. Il prononça les mots : "Enlevons-lui son masque."

Le garçon aux cheveux roux considéra cette idée, enfonçant la pointe de sa basket dans le sol en pensant qu'ils étaient déjà deux fois plus nombreux que Pandemic Boy. En plus, c'était un petit garçon - même s'il avait une grande gueule et qu'il l'avait un peu cherché. Mais il n'était pas une brute et ne voulait pas le devenir. Il se concentra, traçant un cercle dans la terre devant lui, puis tapota la poche de son jean. "Le mien est juste là."

"Prouve-le", demande Pandemic Boy.

Le blondinet jeta un coup d'œil par-dessus son épaule au plus petit garçon et se retourna rapidement. Les poings serrés, il s'avança vers le plus jeune garçon. Tapant du doigt sur le visage du gamin masqué, il lui dit : "Qui-tu penses que tu es ?". Chaque mot justifiait sa propre tape sur le menton masqué du garçon pandémique, et avec la différence de taille et de masse, le plus jeune garçon devait fermement planter ses pieds sur place.

Le garçon aux cheveux roux a dit : "Je vais mettre mon masque."

Celui qu'on appelle le garçon pandémique n'a pas parlé, mais a hoché la tête en signe d'approbation tandis que son ami, le garçon blond qui jetait un coup d'œil par-dessus son épaule, lui faisait de l'œil.

Tous les trois ont tenu bon.

***

Certains jours, le temps s'arrête. Comme si tous les oiseaux avaient oublié de voler et que toutes les horloges avaient oublié de faire tic-tac. Ce n'était pas l'un de ces jours et, à mesure que le temps avançait, d'autres enfants sortaient de l'endroit où ils se trouvaient pour voir ce qui se passait. Ils se rassemblèrent autour, discutant, chuchotant, essayant de reconstituer ce qui avait dû se passer pour que les trois garçons restent immobiles si longtemps.

"Je regardais par la fenêtre de ma chambre", dit un garçon, "et j'ai vu le petit garçon masqué se faire menacer par le garçon blond qui était beaucoup plus grand et plus âgé. Puis j'ai vu qu'ils étaient deux et j'ai dû sortir, surtout quand le grand s'est avancé et a donné un coup de poing sur la poitrine du petit", a-t-il dit en touchant son propre masque comme un adulte le ferait avec une barbe.

"Je courais là-bas", dit une petite fille, "et j'ai tout vu. Le garçon avec le masque ne demandait que ça - il s'approchait de ces deux garçons plus grands et plus âgés. Je suis surprise que les deux ne l'aient pas battu." Puis elle s'est adressée à celui qu'on appelle le garçon pandémique : "Hé, petit, pourquoi ne fais-tu pas une course pendant que tu le peux ? Avant que ces deux garçons plus âgés ne te mettent une raclée ?"

Le trio au centre de la foule restait immobile, comme des statues. Ils écoutaient les commentaires des autres enfants qui formaient un attroupement et eux non. À ce stade, personne n'en était sûr.

Le temps a passé et les enfants portant des masques ont pris le parti du soi-disant Pandemic Boy et les enfants qui ne portaient pas de masques se sont rangés du côté des deux autres. La foule des enfants s'est déplacée, s'est séparée en deux pour former deux camps distincts. Tous étaient prêts à agir - c'est-à-dire si et quand une bagarre éclaterait.

Des heures ont passé et personne n'a bougé. Pas même lorsque les mères et les pères ont commencé à appeler leurs enfants à la maison pour le dîner. Ni quand les parents, les grands-parents et les frères et sœurs ont commencé à appeler les enfants pour qu'ils aillent se coucher. Même pas quand le soleil a été remplacé par la lune et les étoiles.

***

Finalement, Pandemic Boy a dit : "Je rentre à la maison maintenant." Et au plus grand des garçons blonds, celui qui était encore dans son visage, il a dit : "La prochaine fois que je te vois, assure-toi d'apporter ton masque, d'accord ? C'est une pandémie, mec, et..."

"D'accord, d'accord", a dit le plus grand garçon en faisant un pas en arrière. "Et la prochaine fois que je te vois, assure-toi de porter une cape". Il sourit.

"Une préférence de couleur ?" demande le plus jeune garçon avec un sourire.

Son ami, le garçon roux qui portait maintenant un masque, répondit : "Ça dépend si tu es un fan de Batman, ou de Robin, ou de Superman. Moi, je porterais du noir."

"Pareil", a dit le plus jeune.

Ils sont tous rentrés chez eux.

LES VISITEURS

"**A**TTENDEZ UNE MINUTE", DIT-ELLE avant d'ouvrir sa porte d'entrée.

Elle est restée à l'intérieur pendant près de trente jours - en quarantaine. Sortir, le simple fait de sortir maintenant, lui semblait risqué, même si elle n'avait été en quarantaine que pour protéger ceux qu'elle aimait - et d'autres qu'elle ne connaissait même pas. Elle ajuste son masque, respire profondément et ouvre la porte.

Un comité d'accueil l'attendait et elle s'est sentie comme la reine Elizabeth a dû se sentir lorsqu'elle est sortie sur le balcon du palais de Buckingham. Bien que sa petite mais confortable maison de deux chambres à coucher n'ait pas l'éclat et le glamour d'un palais, elle se sentait un peu comme la reine Élisabeth lorsqu'elle est sortie sur le balcon du palais de Buckingham. Pendant une seconde ou deux, elle a pensé à leur faire un signe royal, mais elle a finalement changé d'avis lorsqu'ils ont commencé à applaudir.

Embarrassée, même si un masque couvrait la majeure partie de son visage, elle leva les yeux vers le soleil, haut dans le ciel, et sentit la chaleur de ses rayons. Cela lui fait du bien de respirer de l'air frais, même si le masque l'empêche d'inspirer profondément. Une chanson de John Denver commença à résonner dans son esprit. Elle fredonne nonchalamment.

Les applaudissements s'étaient terminés sans qu'elle s'en rende compte. Et elle était là, debout comme un cochon, alors que tout le monde attendait qu'elle dise ou fasse quelque chose. Beaucoup d'yeux remplis de larmes, tous la regardaient par-dessus leurs propres masques. Il n'y a pas deux masques identiques. Elle balaya les invités du regard, se concentrant sur les yeux dont elle pensait avoir reconnu les propriétaires. Dans son esprit, elle joue à "Qui est qui sous quel masque".

Dans la foule, il y avait une personne dont l'identité ne faisait aucun doute en raison de sa taille et de sa stature. C'était sa petite-fille Emily. Ces yeux verts, les mêmes que les siens, se détachaient en la regardant par-dessus le masque violet. La couleur préférée d'Emily changeait souvent, mais elle était heureuse de constater qu'elle n'avait pas changé au cours des trente derniers jours. Par contre, elle a grandi. Emily a fait un signe de la main et a dit : "Bonjour grand-maman".

"Bonjour, ma chère Emily", dit la femme en souriant avec ses lèvres sous le masque et par-dessus avec ses yeux.

La femme a hésité, puis a balayé l'assistance de gauche à droite en hochant la tête lorsqu'elle a reconnu chacun d'entre eux.

Il y a d'abord eu Brandon. C'était un grand fan de hockey, et son masque portait une feuille d'érable de Toronto. "Allez les Maple Leaf's !" a-t-il dit. Elle lui a donné le pouce en l'air. Au moins, quelqu'un avait encore l'espoir qu'ils remportent à nouveau la Coupe Stanley.

À côté de Brandon, il y avait la mère de sa femme Emily. Son masque portait un message "I heart Jamie Oliver". Elle en sourit, se demandant si son intérêt pour Oliver pourrait l'aider à cuisiner un jour un rôti de bœuf décent. Elle s'est surprise à penser comme une garce et, honteuse, a poursuivi son chemin.

Le suivant était M. Bob Moody. C'était un voisin, un vieux grincheux dont elle n'avait aucune idée de la raison pour laquelle il avait ressenti le besoin de se joindre à la manifestation en portant un masque d'ouvrier du bâtiment. Il lui fit un signe de la main, avec une familiarité qu'elle trouva étrange, mais elle lui rendit son signe par politesse.

Lassée de découvrir qui était qui, les autres se sont mis à tourner en rond alors qu'elle attendait que quelqu'un fasse quelque chose ou lui fasse savoir ce qu'ils attendaient d'elle. Devrait-elle faire un discours ? Non, ce serait idiot. La quarantaine n'a duré que trente jours. Elle ne pouvait pas les prendre dans ses bras. Ni se rapprocher d'eux plus qu'elle ne l'était déjà.

Elle avait la redoutable impression que quelqu'un voulait qu'elle fasse un discours et se demandait comment elle était censée en faire un, un discours qui serait entendu et compris à travers l'épais masque de coton. Puis elle a pensé aux hommes politiques à la télévision, comme le premier ministre. Lorsqu'il devait parler, il enlevait toujours son masque, disait ce qu'il avait à dire, puis le remettait en place. Si c'était assez bien pour le premier ministre, alors c'était assez bien pour elle. Elle retire son oreille droite de la boucle, puis passe à l'autre côté.

Les invités ont sursauté, puis se sont éloignés. Tous sauf sa petite fille.

"Grand-mère t'aime", dit la femme en soufflant un baiser en direction de la petite Emily.

"Je t'aime aussi", a répondu Emily, tandis que ses parents, désormais à ses côtés, la faisaient reculer.

Satisfaite d'avoir senti le soleil, d'être sortie, d'avoir vu ceux qu'elle aimait et d'avoir parlé à la petite Emily, elle s'inclina, recula et ferma la porte derrière elle.

Le téléphone se mit immédiatement à sonner et à sonner. Elle ne répondit pas.

LA MAISON

L A PIÈCE ÉTAIT NUE, à l'exception des bibliothèques encastrées vacantes qui flanquaient la cheminée.

Les bibliothèques vides me donnent toujours un sentiment de mélancolie. Comme si l'ancien propriétaire avait emporté avec lui tous ses amis et ses souvenirs, mais qu'il avait oublié les structures qui les avaient accueillis et exposés pendant qu'il était dans la maison. Par conséquent, lorsque je quittais une maison, quelle qu'en soit la raison, je laissais toujours un de mes livres derrière moi (j'achetais deux de mes livres préférés) afin d'espérer que le nouveau propriétaire l'apprécierait autant que moi. Pour moi, c'était comme lui présenter un nouvel ami. Si j'ai l'air trop sentimentale, ça ne me dérange pas parce que mon cher mari a toujours dit la même chose de moi.

Alors que je traversais la pièce en ajustant mon masque, j'ai remarqué quelque chose d'aussi fin qu'une gaufrette, rangé contre le mur. C'était un petit tapis.

"Mais qu'est-ce que c'est que ça ?" demandai-je. Même s'il était filandreux et petit, il aurait été mieux, devant la cheminée. Au moins, là, la pitoyable chose aurait eu une raison d'être. Je fais souvent cela, donner des sentiments à des objets inanimés. Dans le monde littéraire, cela s'appelle la personnification. J'utilise ce procédé si souvent que mon mari l'appelle Maggie-fication.

August est le nom de mon mari. Et oui, il est né au mois d'août, un Lion, alors que je suis un Capricorne.

Lorsqu'il est arrivé à côté de moi, j'ai frissonné. J'avais toujours l'impression d'avoir froid.

Parlant à travers son masque, il me dit : "Ouf, il fait chaud ici mon amour. Pourquoi trembles-tu ?" Il a déboutonné son épais gilet en laine, cadeau de notre fils Andrew, et l'a enlevé. Il l'a posé sur mes épaules puis a traversé la pièce.

Je m'y suis blottie et j'ai dit "Merci" en le suivant.

L'agent, qui était une vieille amie de la famille, portait un masque reflétant la société immobilière pour laquelle elle travaillait. Elle s'est déplacée de façon audible dans la maison dans l'autre pièce pendant que nous nous faisions une idée de l'endroit par nous-mêmes.

Peu après, elle est entrée dans la pièce par la porte la plus proche de l'objet que j'avais repéré sur le sol. Nous nous sommes retrouvées devant, comme si elle avait entendu ma question.

Judy Marsh, le nom de notre agent et depuis plus de vingt-cinq ans, semblait à court de mots, ce qui ne lui ressemblait pas du tout. Elle et tous les autres agents immobiliers de la planète.

"La cheminée n'est-elle pas magnifique !" s'est-elle exclamée.

J'ai tourné mon corps vers la chaleur, tandis qu'August, qui m'accusait souvent de lire trop de romans d'Agatha Christie, entre autres, maintenant lassé et désireux de passer à autre chose, s'est rapproché de l'embrasure de la porte.

Judy dit : " J'ai entendu la question que tu as posée il y a quelques instants. Je te le dis franchement", dit-elle en se touchant le nez. "Cette maison a un peu d'histoire."

August, maintenant intéressé, nous a rejoints.

"Quel genre d'histoire ?" demandai-je.

Judy a continué : "Ça ne sert à rien de raconter des histoires si tu n'aimes pas cet endroit. Dans ce cas, nous pouvons passer à la maison suivante. J'en ai déjà quelques unes de prévues. Alors, quel est le verdict sur celle-ci jusqu'à présent ?"

August répond : "Nous n'avons pas encore tout vu, il est trop tôt pour le dire et,"

J'ai terminé sa phrase comme les gens mariés depuis longtemps ont tendance à le faire : "Et ce n'est pas gentil de ta part de nous laisser tomber amoureux de l'endroit - je ne dis pas que c'est le cas ici - et de baisser ensuite la perche."

"Baissez la perche en effet", ajoute August.

"Crache le morceau !" J'ai exigé, tandis qu'August prenait ma main dans la sienne.

"Allons dans la cuisine", dit Judy. "Je vais faire chauffer la bouilloire et nous préparer une bonne tasse de thé. J'ai rempli le placard de quelques choses comme du thé Earl Grey et des biscuits, pour une telle occasion. Ensuite, tout sera révélé."

August, entendant qu'une tasse de thé et un biscuit étaient proposés, a suivi Judy dans la cuisine et moi, comme on dit, j'ai ouvert la marche. Nous avons marché le long d'un couloir, qui avait des plafonds hauts mais qui était plutôt miteux car il n'y avait pas de lucarne - si nous achetions l'endroit, une lucarne rendrait ce couloir plus accueillant.

" Une lucarne serait une amélioration ", suggère August, alors que Judy et lui entrent dans la pièce adjacente par une paire de portes battantes comme on s'attendrait à en voir dans un vieux western de Marlon Brando. "Il va falloir les enlever", dit August, alors que la porte pivote et se heurte à son derrière avant que je puisse arriver et l'arrêter. Il est resté là, les mains sur les hanches, la bouche ouverte sans qu'aucun mot ne sorte.

Lorsque j'ai pénétré dans la pièce, j'ai compris pourquoi August était sans voix, car oh, mon Dieu, quelle vue spectaculaire ! La cuisine et la salle à manger étaient adjacentes, dans un immense espace rectangulaire ouvert, avec des fenêtres et des portes en verre s'étendant d'un bout à l'autre et donnant sur l'un des jardins les plus magnifiques que j'aie jamais vus. J'aurais tellement aimé que ce soit le printemps, pour que tout soit en pleine floraison, mais l'automne ici était magnifique aussi, avec les arbres qui arboraient leurs couleurs automnales.

"Dash adorerait ça", m'a dit August. Dash est notre petit teckel.

"Il l'adorerait, c'est sûr", ai-je répondu, tandis que Judy, maintenant derrière nous, jouait à la maman en versant l'eau chaude dans la théière.

Ni August ni moi ne pouvions détacher nos yeux de la belle nature qui nous attendait à quelques pas de là. "Puis-je ouvrir les portes ?" demandai-je.

Judy acquiesce et August s'exécute. Immédiatement, les bruits de l'extérieur sont entrés comme de la musique dans la cuisine. Il y avait des cigales, des geais bleus, des moineaux, des cardinaux, un crapaud arboricole... c'était une musique béate - jusqu'à ce que, quelques instants plus tard, la tondeuse à gazon d'un voisin se mette en marche en hurlant.

"Le thé est prêt", appelle Judy.

"Timing parfait", dit August en fermant les portes coulissantes et en cliquant sur le verrou. "Bonjour l'obscurité mon vieil ami", roucoule August. C'était l'un de ses airs préférés à chanter - un classique du répertoire de Simon et Garfunkel.

"Il ne fait pas sombre ici", ai-je dit, tandis que Judy versait et servait le thé. Pour être honnête, je n'étais pas fan des thés chics comme l'Earl Grey. Donne-moi une tasse de Typhoo n'importe quand. J'ai ajouté deux cuillères à café de sucre - le double de la norme pour le bon vieux Typhoo - et August a fait de même. Alors que nous sirotions, rejetant le choix de Judy pour le biscuit - la noix de gingembre - nous attendions qu'elle commence à nous raconter l'histoire à laquelle elle avait fait allusion.

***

"Tout d'abord, commença Judy, personne n'a vécu dans cette maison depuis des décennies."

"Des décennies", ai-je répété, "Comment est-ce possible ?"

August a vidé les restes de son thé. Judy a immédiatement fait un geste pour remplir à nouveau sa tasse, qu'il a grossièrement évité en posant sa main sur le dessus.

Judy sourit. "Tout le monde n'apprécie pas mon breuvage préféré, je suppose." Elle a rempli à nouveau sa tasse, puis a continué. "L'endroit a été mis en vente au fil des ans. Nous avons engagé des spécialistes de la mise en scène dans tout l'État, en espérant que leur contribution aiderait à vendre. Jusqu'à présent, ça n'a pas marché."

"Ça n'a aucun sens", dit August. "C'est sûr qu'il y aurait moins d'échos si l'endroit était meublé." Il soulève sa tasse vide et soupire.

"Tu préfères une bouteille d'eau ?" Judy a demandé et sans attendre de réponse, elle est allée au réfrigérateur et en a sorti trois bouteilles qu'elle a posées devant nous. Je sentais que cette histoire allait être longue.

Un bruit étrange, provenant du jardin, a frappé nos oreilles simultanément. August a repoussé sa chaise, balayant du regard le jardin qui n'était plus que partiellement éclairé car le soleil se couchait. "Tu vois quelque chose ?" demandai-je.

August avait une vision d'aigle, bien qu'il soit plus âgé que moi. "Chut !", a-t-il dit. Nous avons attendu en écoutant attentivement, mais le son ne s'est plus fait entendre. August est retourné à sa place et s'y est assis en haussant les épaules.

Judy a dit : "Il vaut mieux que tu gardes tes commentaires et tes questions pour toi jusqu'à la fin. Je veux finir avant, je veux dire, aussi vite que possible."

August dit : "Nous sommes vieux, et nous le sommes de plus en plus à chaque minute. Nous allons sûrement oublier toutes les questions que nous pourrions avoir si ce conte que tu nous racontes prend beaucoup plus de temps."

J'ai tapoté la main d'August. "Si tu as des questions, tape-les dans ton téléphone." Cela faisait un moment que j'essayais de lui faire utiliser la fonction Notes de son téléphone. Moi-même, je l'utilisais pour beaucoup de choses, y compris la liste des courses. Je lui avais suggéré d'en faire autant. Pourtant, il rentrait à la maison sans ce dont nous avions besoin et repartait, cette fois-ci avec du papier à la main.

"Maggie, dit-il, tu sais que je n'aime pas dépendre de la technologie.

"Dépendre des arbres", ajoute Judy, "n'est pas non plus de bon augure pour l'avenir".

"La batterie d'un morceau de papier ne meurt pas !" s'exclame-t-il.

"Mais un stylo n'a plus d'encre", ai-je dit en souriant, avant de lui tapoter à nouveau la main et de lui tendre un stylo et du

papier - que je gardais toujours dans mon sac à main pour ce genre
d'occasion.

***

"Je vais commencer par le début", dit Judy.

Sous la table, August traînait les pieds et je voyais bien qu'il
s'impatientait de plus en plus et qu'il pensait : "Vas-y, femme !"
parce que c'est ce que je pensais aussi.

Finalement, Judy est entrée dans le vif du sujet. "Lorsque
cet endroit a été colonisé pour la première fois, trois personnes
meurent ici".

Elle a attendu, que nous réagissions, mais aucun de nous ne l'a
fait. Nous avions déjà compris qu'il s'était passé quelque chose de
terrible - et nous en avions déduit qu'il y avait eu des morts, des
meurtres et/ou du grabuge. Même mes os arthritiques pouvaient
sentir que quelque chose de terrible s'était produit ici. J'ai enroulé
mes bras autour de moi, me sentant à nouveau frigorifiée. August
a fait de même, mais il avait plus chaud que moi puisqu'il avait déjà
récupéré son cardy.

"À l'origine, une église a été construite ici au 18e siècle. Après
sa destruction, et la mort de trois personnes - qui n'ont laissé que
les bibliothèques et la cheminée - toutes les religions ont juré de
ne jamais reconstruire une maison de Dieu ici. C'est ainsi que les

cottages, les maisons, les demeures seigneuriales, les bungalows, et finalement le bungalow californien à deux étages dans lequel nous nous trouvons actuellement, ont été construits pour répondre aux besoins et aux exigences des propriétaires pendant la période de temps qui leur était allouée. C'est ainsi que de nombreux paroissiens, fidèles et familles ont fait de cette église leur lieu de culte et/ou leur maison.

Commençons par l'église d'origine. Au milieu du 18e siècle, une communauté a vu le jour à cet endroit, l'une des premières établies en Ontario, après que de nombreux immigrants aient choisi ce lieu pour s'installer et construire leur nouvel avenir.

Deux de ces personnes, Lady et Lord Charleston, sont devenues rapidement des chefs de file dans la communauté et ont offert les fonds nécessaires à la construction de la première église sans autre reconnaissance qu'une petite bibliothèque, dans le presbytère, dans laquelle les membres de la communauté pouvaient lire et emprunter des livres sur des sujets liés à la religion. Pour qu'ils soient à l'aise pendant qu'ils étudient ou lisent, une cheminée serait construite au centre de deux de ces étagères.

En raison de l'importance de la demande, de nombreuses recherches ont été effectuées pour déterminer quel bois serait le plus durable dans le temps. Un immigrant italien a parlé en termes élogieux du cyprès méditerranéen, disant qu'il avait vu dans une église romaine un autel fait de ce bois qui avait survécu à un incendie qui avait détruit le reste de l'édifice. Il est décidé d'envoyer chercher des arbres qu'ils pourront faire pousser localement et d'en commander une grande quantité qui sera livrée par bateau au

Canada. Au fil du temps, le même homme a parlé des pouvoirs surnaturels de cet arbre de son ancien pays. En raison de son arôme puissant, les familles plantaient les arbres près de leurs proches dans les cimetières de tout le pays, afin d'éloigner les démons et de s'assurer que les âmes de ceux qu'ils aimaient parviennent à passer de l'autre côté."

Quelques autres paroissiens n'ont pas apprécié ce blasphème et ont suggéré d'utiliser des arbres canadiens uniquement pour l'entreprise. Lord et Lady Charleston ont rejeté la motion, et la communauté a attendu la livraison du bois pour le presbytère et, dans l'intervalle, a construit l'église, puis l'école, et d'autres bâtiments. Les nouveaux arrivants affluent dans la communauté, choisissant de s'installer dans un lieu qui offre des services permettant à tous de s'installer plus rapidement.

Le bois arrive et le presbytère est construit, mais non sans difficultés. Tout d'abord, un homme qui descendait le billot du bateau fut écrasé lorsque plusieurs billots se détachèrent et s'écrasèrent sur lui. Après cela, davantage de précautions furent prises, mais ceux qui avaient mis en garde contre le blasphème chuchotaient entre eux d'un air entendu.

Des années plus tard, alors que la colonie n'avait pas de nom, on suggéra de l'appeler New Charleston, et c'est ainsi qu'elle fut nommée. Pendant de nombreuses générations, la communauté fut au service de tous et la population s'accrut à pas de géant. Lord et Lady Charleston moururent, mais leurs portraits furent peints et placés au-dessus de la cheminée de la bibliothèque du presbytère, entre les deux étagères. Contre une forte protestation du public, la bibliothèque a été appelée The Lady Charleston Archives car la famille a fait don de sa collection de livres pour remplir les étagères."

J'ai dévissé le couvercle de la bouteille d'eau et j'en ai bu une gorgée, tandis qu'August jetait un coup d'œil à sa montre. Le soleil se couchait maintenant et la majeure partie du jardin arrière était dans l'obscurité, à l'exception d'un seul projecteur qui était fourni par la lune.

"C'est dans cette église que les décès ont eu lieu".

August et moi nous sommes rapprochés, espérant qu'elle en viendrait bientôt au fait. Mon estomac grondait. Car il avait largement dépassé le dîner et commençait à converser avec celui d'August dans un duo de fringales.

"Gingernut ?" demanda Judy en les agitant devant nous. Nous avons poliment refusé. "Et si je commandais une pizza ? Pendant qu'elle sera cuite et livrée, je pourrai continuer mon histoire."

"Pas d'ananas", a dit August. Les pizzas avec des ananas étaient une véritable bête noire pour lui. "L'ananas est fait pour les gâteaux renversés, pas pour les pizzas".

"Je suis tout à fait d'accord", a dit Judy en appuyant sur la touche de numérotation rapide de son téléphone.

"Pas d'anchois", ai-je dit en essayant de persuader mon ventre qui grogne de se calmer.

***

"En 1847, une femme, une étrangère est venue dans la communauté en pleine nuit à la recherche de son mari et de son jeune fils. Elle a frappé aux portes, provoquant tout un remue-ménage puisqu'il était plus de minuit. Les membres de la communauté sont sortis de leurs maisons, rivalisant pour l'aider, et ont formé une équipe de recherche en utilisant des lampes pour se diriger. C'est ce genre de communauté qui s'unit pour aider les autres, même les étrangers. Personne n'a remis en question ses motivations, son histoire ou sa santé mentale.

Nous étions en octobre, il faisait donc frais, mais la première neige n'était pas encore tombée. Ils ont marché, cherché jusqu'à ce que le soleil se lève, puis se sont regroupés pour manger, boire et en savoir plus sur la femme qui était trop épuisée pour escalader l'endroit avec eux. Lorsqu'elle arriva, elle fut rapidement hébergée et mise au lit après une solide tasse de thé additionnée d'un peu de whisky pour s'assurer qu'elle dormirait toute la nuit.

Après avoir discuté et confirmé que personne n'avait vu ni le mari ni l'enfant, ils ont mangé ensemble la nourriture fournie par l'association des femmes de l'église et ont discuté de ce qu'ils allaient faire ensuite. Ce n'était pas comme aujourd'hui, où l'on peut facilement imprimer des affiches et les coller partout avec du ruban adhésif, et les médias sociaux n'étaient pas non plus une option. Au lieu de cela, on a fait appel à une artiste pour faire un portrait de la famille en se basant sur la description de la mère.

La femme s'appelait Reba, son enfant s'appelait Jacob et son mari s'appelait également Jacob.

Un soir, assez tard, un habitant a vu la femme Reba entrer dans l'église, tenant la main d'un enfant. Il se demanda où était le mari, mais n'y pensant plus, il alla se coucher.

Reba avait emmené son fils à l'église pour allumer une bougie sur l'alar et remercier Jésus de lui avoir ramené son mari et son fils. La porte de l'église n'avait pas été sécurisée car Jacob Senior allait bientôt les rejoindre. Une bourrasque de vent, si violente qu'elle souffla la flamme et prit feu à sa manche et comme elle tenait son fils dans ses bras à ce moment-là, sa tenue prit également feu. Jacob l'aîné entra et courut vers eux, laissant la porte entièrement ouverte. Un vent plus furieux le suivit, alors qu'il comblait le fossé qui le séparait de ses proches. L'église, qui avait été construite à partir d'arbres locaux, s'éleva en un rien de temps avec eux à l'intérieur.

La salle communautaire, où les femmes de l'église servaient de la nourriture aux bénévoles, a d'abord senti une odeur de brûlé et s'est précipitée dans les rues. La plupart des bénévoles étaient également des pompiers, mais leurs ressources étaient alors limitées. Ils ont fait ce qu'ils pouvaient pour sauver l'église, mais il était trop tard. Le presbytère n'était pas encore englouti, ils ont réussi à faire sortir le prêtre et à sauver comme je l'ai dit les bibliothèques et la cheminée. La famille de trois personnes a péri... brûlée jusqu'au néant. Des cendres aux cendres, comme on dit."

Judy inspira profondément, prit une gorgée d'eau, puis on sonna à la porte. Raconter l'histoire l'avait beaucoup épuisée, alors,

August a proposé de récupérer les pizzas, mais Judy disant qu'elle devait payer - elle pouvait mettre ça sur le compte d'une dépense liée au travail - a fini par aller à la porte. Elle est revenue avec des pizzas chaudes et délicieuses et nous avons mangé sans parler pendant un certain temps, si ce n'est par des oohs et des ahhs pendant que nous participions à ce savoureux festin.

Maintenant que nous sommes satisfaits et que nous avons le ventre plein, Judy poursuit son récit.

"Depuis, on dit que les fantômes de cette famille hantent cette maison. Tout ce que les gens voient les effraie tellement qu'ils s'enfuient d'ici en criant. Et au fil des ans, des maisons ont été reconstruites sur cette propriété au fil des siècles, mais personne n'a jamais vécu ici pendant longtemps."

Il commençait à se faire extrêmement tard ; l'histoire de Judy avait pris pas mal de temps.

"Pourrais-tu, s'il te plaît, faire une avance rapide et nous amener au présent ?" August a demandé, encore une fois plus grossièrement que ce à quoi lui ou moi nous attendions. Il avait dépassé l'heure d'aller au lit et son irritation n'était pas entièrement de sa faute.

Judy s'est excusée. "Cette maison a été construite il y a vingt-cinq ans. Elle a été achetée, vendue, louée, rénovée - tu peux tout dire et plus de fois que je n'ai de doigts et d'orteils pour compter - personne ne veut vivre ici." Elle jette un coup d'œil autour d'elle. "Oui, ça se voit bien, mais il y a juste quelque chose à ce sujet. Quelque chose qui fait fuir les gens. Surtout à cette heure de la nuit. Je voulais savoir si cela vous était arrivé à vous aussi."

"Alors, nous sommes tes sympathiques guineapigs", dit August en repoussant brusquement sa chaise. "Continuons la visite. Qu'est-ce qu'il y a en haut ?"

Je n'ai pas bougé.

"Tu n'as aucune idée ; je veux dire absolument aucune idée de la raison pour laquelle les gens agissent de manière aussi extrême ? Cela n'a que peu ou pas de sens pour moi. Tu verrais sûrement ce qu'ils ont vu."

"Je ne vois jamais", dit Judy.

"Eh bien, c'est bizarre", dit August.

Judy sourit. "Je sais. Et c'est pourquoi, laisse-moi te dire que les gens spirituels comme les médiums, les mystiques, les devins, les sorcières, les sorciers - tu peux les nommer et ils sont venus ici - oui, ils ont même exorcisé cet endroit de fond en comble et pourtant, la chose qui fait fuir tout le monde, y compris toutes les personnes susmentionnées, se produit toujours. Chacun d'entre eux a couru vers les collines, en criant - et n'est jamais revenu."

"Des trucs et des bêtises", dit August.

Mais plus elle en parlait, plus j'avais peur et plus j'étais prête à y croire, car plus le temps passait, plus j'avais froid. En fait, je tremblais comme si quelqu'un avait marché sur ma tombe - même si, bien sûr, je n'étais pas morte. Pourtant. Rien que d'y penser, les poils de mes bras se hérissaient.

Judy s'est levée. "Maintenant, tu sais ce que je sais. Le prix est déjà bas, mais il est encore négociable. Le propriétaire veut qu'elle soit vendue et qu'elle ne soit plus entre ses mains - hier. Pourquoi ne pas jeter un coup d'œil à l'étage, pour vous faire une idée du dernier étage ?"

August dit : "Nous pourrions l'acheter amoureuse, la démolir et reconstruire quelque chose qui nous convienne, comme un bungalow. Nous aurions toujours une longueur d'avance et des fonds suffisants pour nous permettre de vivre jusqu'à la fin de nos jours."

Les genoux tremblants, je me suis également mis debout en me tenant fermement à la table. Ça avait l'air bien, en fait trop bien pour être vrai.

Judy a dit : "C'est une maison patrimoniale. Les bibliothèques et la cheminée doivent rester intactes. Ce n'est pas négociable. En fait, je ne peux pas accepter ton offre si tu n'es pas prêt à mettre cela par écrit."

August et moi sommes sortis de la cuisine, comme en transe, pour finir debout sur le tapis qui se trouvait maintenant devant la cheminée. Le feu rugissant qui crachait et éclairait la pièce m'a fait me demander pourquoi j'avais encore plus froid.

"...de l'électricité", dit Judy.

J'étais parti dans mon esprit au pays des livres et j'avais manqué ce qu'elle disait.

"...Je l'ai coupée. L'eau aussi."

J'ai passé ma main le long de l'étagère centrale, ayant maintenant l'essentiel des choses, tandis qu'August quittait la pièce. Je me suis retournée et je l'ai suivi, tout comme Judy. Il s'est arrêté au bas de l'escalier, a regardé pour voir où nous étions, puis a commencé à monter. Je me suis agrippée à la rampe et j'ai grimpé à mon tour. À mi-chemin, la rampe m'a semblé bancale, tout comme mes genoux. Mes pieds semblaient s'enfoncer dans les marches en bois, ce qui me rendait instable. August était déjà en haut. J'ai remarqué qu'il s'éclairait à l'aide de l'application lampe de poche de son téléphone. Je me suis sentie fière qu'il ait enfin trouvé une utilité à l'une des applications que je lui avais recommandé d'essayer.

Lorsque je l'ai rejoint au sommet, nous avons regardé Judy qui attendait avec son téléphone pointé devant elle - en utilisant également l'application lampe de poche. "Je dois bientôt fermer", a-t-elle dit.

"On va juste faire un bon squidge", ai-je dit, tandis qu'August s'éloignait de moi pour se diriger vers la porte au fond du couloir. En marchant, l'épaisse moquette sous mes pieds semblait squishy, si bien qu'il était difficile de se dépêcher. August ouvrit la porte, laissant apparaître une salle de bains de couleur pêche avec un lavabo, une baignoire, des toilettes et une douche. La salle de bain était ornée d'accessoires - un de ces tapis recouverts de moquette jeté autour de sa base. Le style n'était pas à notre goût et je l'ai dit, alors que nous fermions la porte et que nous passions à une chambre à coucher, petite, décorée en bleu avec des voitures roulant sur les murs et des étoiles qui s'allumaient lorsque nous pointions la lampe de poche vers elles au plafond.

"J'aime bien ces lumières d'étoiles", a dit August, l'enfant qui est en lui ressortant. J'étais surprise qu'il n'aime pas non plus les voitures sur le papier peint. Peut-être que si, mais des deux, il préférait les étoiles.

"Oui, enlevons-les et mettons-les au-dessus de la cheminée - c'est si nous l'achetons", ai-je dit.

Nous sommes passés dans une autre chambre, une chambre d'amis, pleine de fleurs de toutes sortes, de tous genres et de toutes couleurs. Des tournesols ont été peints au pochoir au dos de la porte.

"Très accueillante", dis-je, tandis que nous avançons dans le couloir jusqu'à la dernière pièce : la chambre principale. Je me suis dit qu'une maison de cette taille devrait avoir plus de trois chambres.

August m'a dit : "Nous pourrons construire plus de pièces sur le terrain, quand nous ferons de cette maison un bungalow. Il y a tellement d'espace perdu ici."

Nous avons regardé la salle de bains qui était également très démodée avec du pêche - bien qu'il y ait une baignoire spa ornée de robinets et d'accessoires en or. Et au-dessus, un grand bow-window offrait une vue panoramique sur ce que nous supposions être le jardin arrière.

August est monté sur la baignoire et m'a pris la main. Nous sommes restés ensemble, côte à côte, à regarder le jardin en contrebas lorsque trois silhouettes sont apparues. Alignés par taille, à gauche se trouvait un homme, bien qu'étant donné sa stature, on aurait pu penser qu'il s'agissait d'un garçon. Il était vêtu d'un chapeau courbé, d'une chemise en lin avec des volants au-dessus de la taille, d'une veste au genou et d'une culotte qui prouvait le contraire. Tenant la main de l'homme, un garçon dont la veste tombe juste en dessous de sa taille, tandis que son pantalon se gonfle au genou et que ses mèches sombres s'échappent de sous sa casquette. Une femme, qui tenait la main de l'enfant, complétait le trio. Elle portait un épais manteau matelassé qui recouvrait ses vêtements et un bonnet de nuit sur la tête - comme si elle était sortie dans la nuit à l'improviste. Les visages pleins des trois personnages étaient transis par la lune et les étoiles, soit cela, soit ils étaient sous l'emprise d'un sortilège.

"C'est pour de vrai ?" J'ai chuchoté en m'accrochant à l'épaule d'August, mais avant que je puisse finir, trois paires d'yeux nous ont regardés directement et simultanément, ils ont poussé un cri avec des voix si aiguës qu'elles ont dû réveiller tous les chiens du quartier. Ils ont tous les trois dit,

"Tous les jours, nous venons ici pour brûler".

Nous nous sommes bouché les oreilles, alors qu'ils répétaient leur chant de sirène puis des flammes, partant de leurs pieds et remontant vers le haut les ont engloutis et bientôt leurs cris se sont transformés en gémissements alors qu'ils s'écroulaient sur le sol en tas de cendres.

J'ai crié. Et il s'est passé quelque chose qui ne s'était jamais produit depuis que nous sommes mariés : August a crié lui aussi.

Nous sommes sortis de la baignoire, nous avons dévalé les escaliers, nous sommes passés devant Judy et nous sommes sortis par la porte d'entrée à une vitesse que deux vieux briscards comme nous n'auraient jamais crue possible. Nous sommes montés dans la voiture de Judy ; elle avait conduit pour nous montrer la propriété. Quand elle est montée, elle a démarré en faisant crisser ses pneus.

Lorsque nous avons mis suffisamment de distance entre nous et la maison, Judy nous a dit d'un ton franc : "Je vais vous préparer une liste d'autres maisons que vous pourrez visiter demain matin à la première heure. Nous vous trouverons la maison parfaite. Il y a plein de beaux endroits sur le marché parmi lesquels tu pourras choisir." Elle nous a jeté un coup d'œil dans le rétroviseur.

Je tremblais encore et m'accrochais à August.

"Veux-tu me dire, ce que tu as vu ?" demande Judy.

"Tu ne les as pas entendus ?" J'ai demandé.

Judy a secoué la tête en signe de refus.

"Crois-moi, c'est toi qui as de la chance", a dit August. "Maintenant, ramène-nous à la maison. Nous ne bougerons pas d'ici."

August et moi n'avons plus jamais parlé de la maison.

UN MURDER

J E SUIS RESTÉE ASSISE dans ma voiture, trop effrayée pour en sortir.

De derrière la vitre teintée, je pouvais tout voir - alors pourquoi me mettre en danger ? Pourquoi risquer une infection alors que tout ce que je voulais, c'était un peu de nature.

Pourquoi ne pas rester à la maison alors, ma chérie ? J'ai entendu ta voix douce me le demander dans ma tête. Tout comme tu étais là, assis sur le siège passager à côté de moi. Toi, c'est mon défunt mari Gérald - quarante-deux ans de mariage avant que le COVID ne l'emporte. Oui, mon Gérald a succombé au virus au tout début de cette période folle de notre vie. Avant même que les personnes qui se disaient bien informées ne parlent de pandémie.

Même lorsqu'il a été confirmé officiellement que Gérald avait été exposé au virus et qu'il avait été infecté, il n'y a pas cru. Il n'avait accepté d'être évalué que parce que je l'avais convaincu de m'accompagner, comme nous l'avions dit dans nos vœux, dans la maladie et dans la santé. J'avais côtoyé quelqu'un qui avait contracté la maladie en faisant du bénévolat à la banque alimentaire. Je n'étais pas obligée de passer le test, mais je me suis dit qu'il valait mieux prévenir que guérir et je me suis soumise à une quarantaine volontaire de quatorze jours - au moins, Gerald et moi pourrions être ensemble.

Lorsque les résultats sont arrivés, Gerald avait la maladie et mon test était négatif. Comme nous avions été dans les poches l'un de l'autre, il y avait de fortes chances que je l'aie aussi, mais que je sois asymptomatique. Nous avons donc été mis en quarantaine, heureux tous les deux, comme nous l'avions été pendant les quarante-cinq années où nous nous sommes connus.

On nous a préparés à affronter la maladie ensemble, puis on m'a dit de ne pas m'approcher de mon Gérald, de limiter mes contacts - de garder une porte entre nous, de porter un masque, de me laver les mains souvent - tu connais la chanson. J'ai pris la chambre d'amis ; Gérald a pris notre chambre. Nous nous disions bonne nuit à travers le mur, comme le faisaient les gens de la famille Walton.

Une nuit, alors qu'il n'arrivait pas à dormir, je lui ai donné la sérénade à travers le mur en lui chantant quelques refrains de la chanson sur laquelle nous avions eu notre première danse au lycée, une chanson intitulée Make Me Do Anything You Want par A Foot in Coldwater. Je l'ai fredonnée pour moi-même, tout en observant ce qui se passait à l'extérieur. Un groupe de bernaches du Canada mangeait l'herbe à quelques mètres de là. J'ai baissé un peu la vitre pour pouvoir les entendre bavarder. J'ai pris une grande inspiration, laissant entrer l'air extérieur, mais l'air frais ne m'a pas empêché de me souvenir de la suite, la partie la plus difficile, quand Gerald m'a été enlevé et admis à l'hôpital. Je n'avais pas le droit d'être dans l'ambulance avec lui, et il s'est dégradé si vite que je ne l'ai plus jamais revu vivant.

J'ai d'abord appelé les enfants. Bien sûr, ils sont tous adultes maintenant et ont leurs propres enfants. Des enfants, des chèvres. Les enfants, c'est bien sûr ce que je veux dire. Je ne sais pas trop quand je suis revenu à la description courante. Probablement parce que Gérald n'est pas là pour me dire de ne pas le faire.

Nos enfants n'ont pas pu venir en raison de restrictions liées à la distance sociale. Leurs zones étaient de retour à l'étape 2. De plus, le risque d'attraper le virus eux-mêmes, le risque de le transmettre à nos petits-enfants ne valait pas la peine d'être pris. Nous nous sommes regardés en face - avec l'aide d'une infirmière bienveillante - mais Gérald n'a pas parlé. À ce moment-là, le sourire avait disparu de ses yeux et je savais.

Après l'enterrement - personne n'est venu à l'enterrement à part moi - je ne savais pas quoi faire de moi-même. C'était encore pire après le paiement de l'assurance. Toute notre vie, nous avions économisé - et maintenant, il était parti, il n'y avait nulle part où aller - pas avec la pandémie qui rôdait dans tous les coins - et mon Gérald n'était pas là pour le partager avec moi, alors ce n'était pas la peine d'y aller en premier lieu. Tout cet argent et je ne pouvais pas penser à une seule chose que je voulais ou dont j'avais besoin, à part Gerald.

À l'approche de l'automne, alors que les feuilles commençaient à s'enflammer, je n'ai cessé de pointer du doigt un arbre particulièrement beau, sans que personne ne le remarque. Et puis il y avait Thanksgiving qui se profilait à l'horizon. Habituellement, nous préparions le festin familial - avec le menu canadien habituel - comme la tarte à la citrouille, la sauce aux canneberges, la dinde, le jambon, la farce, la purée de pommes de terre, les légumes et la salade de chou. En général, Gerald découpe la volaille pendant que je m'occupe de tout le reste. Ensuite, nous faisions le tour de la table et chacun, même les plus petits, disait ce dont il était reconnaissant pour l'année écoulée. Je me souviens que le petit Kevin avait déclaré qu'il était le plus reconnaissant envers "Bampa", c'est-à-dire grand-père. Les yeux de Gerald s'étaient illuminés ce jour-là, comme le soleil qui sort d'un nuage après plusieurs jours de pluie.

Ma fille m'a suggéré d'organiser un dîner virtuel de Thanksgiving. Elle avait le cœur à la bonne place, mais l'idée était absurde. De mon côté, je préparerais un dîner de dinde à la télévision et je le mangerais en regardant Un Thanksgiving à la Charlie Brown.

J'en reviens donc à moi, assis dans cette maudite voiture aux vitres teintées - trop effrayé pour sortir de ma voiture. Alors que mes yeux se promènent sur l'allée, j'aperçois Sonny et Evelyn Marshall et avant que j'aie le temps d'esquiver, ils m'aperçoivent. Ils se dirigent vers moi. Ils ont appris le décès de Gerald et veulent lui rendre hommage. Il est trop tard pour que je démarre la voiture et que je sorte de ce parking.

Devant la voiture maintenant, portant des masques, Sonny tape sur ma vitre tandis qu'Evelyn fait le tour du côté passager.

"Bonjour", dis-je à travers les vitres fermées. Mon téléphone sonne. Je le pointe du doigt pour leur faire comprendre que je dois m'occuper d'un appel, puis je vois qui est l'appelant - c'est Evelyn qui est au bout du fil. " Bonjour, encore ", dis-je, alors que Sonny passe devant ma voiture, s'arrêtant brièvement pour me regarder à travers le pare-brise, avant d'avancer et de rejoindre sa femme.

Evelyn dit : "Nous avons appris pour Gerald. Nous sommes profondément désolés et nous voulions juste passer vous le dire. Nous voulions aussi vous dire que si vous avez besoin de quoi que ce soit, n'hésitez pas à nous appeler. Nous aimerions être là pour vous autant que possible pendant cette pandémie." Sonny a passé son bras autour de sa femme.

"Je vais bien", dis-je. "Merci pour la gentille proposition et pour être passé me voir". Je raccroche et pose le téléphone en espérant qu'ils s'en aillent.

Sonny dit quelque chose, que normalement je saurais dire car je lis assez bien sur les lèvres, mais avec ces masques, n'importe qui peut dire n'importe quoi. Evelyn et lui font un signe de la main en revenant sur le chemin et ils s'en vont.

Je les regarde se donner la main et devenir de plus en plus petits. Quand ils sont partis, un corbeau noir se pose sur le capot de ma voiture et me regarde à travers la vitre teintée. Je baisse la vitre et je dis : "SHOO !"

Le corbeau s'avance vers moi, hérisse ses plumes et répond par un "CAW, CAW !" plein de défi.

Je remonte à nouveau la vitre et je regarde la chose faire les cent pas sur le capot de ma voiture. Elle laisse une traînée d'empreintes d'oiseaux sur mon véhicule poussiéreux. Je démarre le moteur et pulvérise de l'eau sur le pare-brise. L'oiseau ne bouge pas. Je fais passer les essuie-glaces plusieurs fois. La chose me regarde toujours, secoue la tête, puis SPLAT elle fait caca. Je klaxonne et regarde l'oiseau s'envoler, planer, faire encore un petit caca, qui cette fois frappe le phare avant de s'envoler vers l'eau.

Un groupe de corbeaux s'appelle un meurtre. Lorsque Gérald est mort, à cause d'un virus créé par l'homme et lâché sur notre planète, sa mort n'a pas été qualifiée de meurtre - même si elle aurait dû l'être.

Je plonge la main dans mon sac à main et j'en sors le masque. Je passe une boucle dans mon oreille droite et la seconde dans mon oreille gauche. Je m'assure qu'il est bien placé, sur le nez et sous le menton. Je sors de ma voiture et me mets au soleil.

Bonne fille, roucoule Gérald, alors qu'une horde de corbeaux forme un cercle au-dessus de ma tête et que je m'avance devant un véhicule en marche.

SANS MASQUE

I L SE TENAIT D'UN côté de la pièce et elle de l'autre.

Tous deux habillés - ou trop habillés - c'est ainsi qu'elle percevait son apparence. Poli est le premier mot qui lui vient à l'esprit, mais quelque chose chez lui semble trop lisse. Comme s'il voulait qu'elle tombe encore plus amoureuse de lui qu'elle ne l'était déjà.

Au moins, il s'était montré - même si elle avait refusé de faire ce qu'il lui avait demandé et que c'était leur première rencontre en personne.

Ils se sont rencontrés sur une application de rencontre. Il n'y a pas de loi contre ça - pour l'instant. Ils ont développé une relation au fil du temps. Il terminait toujours ses messages par un emoji cœur palpitant. Elle signait toujours par un "votre serviteur", comme si elle terminait une lettre. Elle était novice en matière d'application de rencontres. scénario, mais avec les lois strictes sur la pandémie en vigueur, comment allait-elle rencontrer quelqu'un d'autre ?

Après un peu plus de deux mois de messages et d'e-mails, il a demandé à la rencontrer en personne. Elle a accepté à contrecœur. D'une certaine façon, s'ils ne se rencontraient jamais, elle pouvait imaginer qu'il était tout ce qu'il prétendait être. Plus important encore, elle ne voulait pas avoir l'air trop impatiente ou désespérée.

Il s'était donné tant de mal, organisant tout, y compris le lieu où il prévoyait de l'emmener. Au début, elle n'arrivait pas à croire à sa chance. Alors qu'elle attendait qu'il confirme les détails, ses émotions sont passées de l'excitation au scepticisme. Pouvait-il vraiment réserver un lieu aussi exclusif juste pour eux deux ? Lorsqu'il lui a envoyé les détails par texto, elle a laissé échapper un hululement, puis a répondu avec un emoji smiley. Son premier de la relation.

Après cela, elle s'est immédiatement dirigée vers son placard et a fait coulisser les portes en miroir. Elle a fouillé dans les cintres, jusqu'à ce qu'elle trouve sa robe la plus chère - celle qu'elle appelait sa redingote chic. Elle l'avait baptisée ainsi en souvenir de sa défunte mère. C'était une copie d'un modèle qu'elle avait acheté en ligne et dont elle était la plus fière. Elle la tient contre elle, se regarde dans le miroir et essaie de décider avec quels bijoux elle va la mettre en valeur : faux diamants ou perles ? Elle a opté pour les premiers.

Le matin du grand événement, elle s'est levée tôt pour consulter sa boîte de réception. Elle s'attendait à moitié à recevoir un texte ou un message disant qu'il avait dû annuler. En vérité, une partie d'elle espérait qu'il annulerait, mais sa boîte aux lettres était vide et il n'y avait eu aucun message. Elle est allée dans la cuisine pour se préparer une tasse de café, puis a vérifié à nouveau, au cas où il aurait été en contact avec elle. Cette fois, elle a même regardé dans le fichier indésirable - il était vide lui aussi.

Tout au long de la journée, elle s'est occupée. D'abord en prenant un long bain de vapeur et en s'exfoliant. Ensuite, elle a pris un déjeuner léger. Encore une fois, elle a vérifié s'il y avait des messages et n'en trouvant aucun, elle s'est coiffée, puis s'est fait les ongles. Avant de se maquiller, elle a parcouru les médias sociaux. Ne trouvant aucune preuve de son activité récente, elle a enfilé sa plus haute paire de talons hauts - ceux qui faisaient paraître ses jambes les plus longues. Elle a terminé son look en appliquant une couche de rouge à lèvres rouge pomme d'amour et s'est avancée devant le miroir. C'est parfait.

À l'exception d'une chose : sa pochette assortie. Elle y a transféré son téléphone et sa carte de débit, puis est retournée chercher son rouge à lèvres et maintenant, elle était prête à tout.

Alors qu'elle sortait de chez elle et appliquait son masque, le taxi est arrivé. Elle l'avait réservé la veille au soir en s'assurant qu'elle n'arriverait ni trop tard, ni trop tôt. Elle voulait que le timing soit parfait pour leur première rencontre en chair et en o s.

***

Il passa la journée à tout revérifier, comme il le faisait toujours en pareille occasion.

Il avait hâte de la rencontrer enfin en personne. En ligne, elle semblait plus timide et plus naïve que toutes les autres avec lesquelles il avait discuté. Elle semblait si timide, si irréelle qu'elle avait carrément refusé de lui envoyer une photo d'elle nue. Nue, c'est-à-dire sans masque.

Avant qu'elle n'accepte de le rencontrer, il avait dû la rassurer sur le fait que les directives seraient respectées. Eh bien, pas seulement suivies, pour ainsi dire, c'est-à-dire qu'elle exigeait rien de moins que sa garantie personnelle qu'ils ne seraient pas interrompus.

Lorsque les dirigeants du monde entier sont tombés, le gouvernement international s'est formé pour combler le vide. Avec le G.I. à la barre, le monde a exigé des sanctions plus sévères pour les hooligans qui ne respectent pas les règles de distanciation sociale. Les Associés internationaux contre la pandémie (I.P.A.), nouvellement créés, ont été autorisés à faire appliquer les lois sur la distanciation sociale par tous les moyens nécessaires.

Après la chute des dirigeants mondiaux, l'opinion publique a vivement protesté. Les médias sociaux ont été inondés de fausses informations. Les gens ont réclamé justice, descendant dans la rue avec leurs pancartes et leurs signes de paix. Lorsqu'ils n'ont pas pu être réduits au silence et que les prisons ont été remplies à ras bord, les exécutions publiques ont été inscrites dans la loi.

Pendant tout ce temps, il a réussi à garder son argent et il n'a pas eu peur de l'utiliser à son avantage. Il avait graissé quelques pattes pour réserver le lieu, embaucher le personnel et s'assurer qu'ils ne seraient pas dérangés. L'œil qui les observait sur les lieux, il n'y pouvait rien. Les caméras de surveillance, il y en avait partout.

Son smoking avait été récupéré et était encore enveloppé dans la housse en plastique qu'il portait lors du trajet de retour du pressing. Il avait été mis en quarantaine dans le garage jusqu'à ce qu'on en ait besoin. On n'est jamais trop prudent. La durée standard de mise en quarantaine des tissus est de quarante-huit heures. Par prudence, il avait été laissé dans le garage pendant une semaine entière.

Lorsqu'il fut entièrement habillé, la dernière chose qu'il fit fut d'appliquer son masque avant de monter dans son véhicule. Il y avait peu de circulation et il était facile de se garer.

Il voulait que tout soit parfait.

Tout comme il espérait qu'elle le serait.

***

Elle est descendue du taxi sur le trottoir et a refermé l'espace qui la séparait de la salle de spectacle.

Au sol, écrit à la craie sur le trottoir, se trouvait un message qui lui était adressé. On pouvait y lire : "Chérie, suis-moi". Elle a souri, et a suivi la piste des cœurs gravés sur les pierres. De temps en temps, ses doigts cherchaient à se rassurer sur le masque qui recouvrait son visage. C'était comme une autre couche de peau maintenant.

Elle s'engagea dans les portes ouvertes, suivant d'autres cœurs qui la conduisaient le long du couloir.

Enfin, elle arriva en espérant que son véritable amour, son âme sœur, l'attendait.

***

De l'autre côté de la pièce, leurs yeux se sont croisés. Elle dans sa robe noire sans manches et lui dans son smoking noir.

"Tu es venue !", a-t-il dit d'une voix affirmative et forte.

"Oui", a-t-elle répondu dans un murmure essoufflé.

Elle ralentit les battements de son cœur, en prenant connaissance de la pièce. Le soin qu'il apportait aux détails était impeccable. La table était dressée pour deux, avec la porcelaine, le cristal et l'argenterie les plus fins. La table s'étendait sur toute la longueur de la pièce. Au centre, un magnifique chandelier rayonnait de romantisme.

"Je vous en prie, prenez place", dit-il.

Elle s'assit à son extrémité et lui à la sienne. Avant qu'un silence inconfortable ne l'installe, il a applaudi. Deux serveurs sont arrivés par une porte qu'elle n'avait pas remarquée. Vêtus de la tête aux pieds de combinaisons intégrales qui n'auraient pas dépareillé sur la lune, ils s'approchèrent. De leurs mains gantées, ils remplirent les flûtes de champagne, et leurs coupes d'une légère consommation.

Il a fait claquer le côté de son verre avec un couvert et elle a fait de même. Lors des mariages, ce rituel était autrefois effectué pour demander aux jeunes mariés d'échanger un baiser. La simple idée de se démasquer en public la faisait frémir. Dans ce nouveau monde pandémique, le tintement indiquait que l'initiateur voulait porter un toast.

"À vous", dit-il en levant son verre.

"À nous", dit-elle en rougissant furieusement, cachée sous son masque.

Les serveurs arrivèrent périodiquement en portant des plateaux. Après leur dernière présentation de Cherries Jubilee flambées, les serveurs se sont inclinés. Cela indiquait qu'ils ne reviendraient pas.

"Si seulement je pouvais t'embrasser", dit-il, plus fort qu'il ne l'aurait voulu mais suffisamment pour tenir compte de son masque.

Ces mots l'ont enflammée. Avant même de savoir ce qu'elle faisait, elle s'était levée et lui avait envoyé un baiser. Elle s'est rassise et a imaginé le baiser flottant dans l'air à travers la table comme une plume.

Il l'a attrapé et l'a pressé contre ses lèvres. "Ce n'est pas assez", a-t-il roucoulé.

Elle a relancé sa chaise. Elle s'est frayé un chemin dans le silence.

Ses talons hauts cliquèrent lorsqu'elle traversa le sol. Elle trébucha d'excitation en se frayant un chemin le long de la table vers lui.

Alors qu'elle se dirigeait vers lui, l'air conditionné a diffusé son parfum doux et sucré dans sa direction. Jusque-là, il n'avait été témoin que de ses yeux bleu corail et de ses petits lobes d'oreilles sous lesquels étaient fixées les sangles du masque. Son cœur battait si vite qu'il était certain qu'il allait éclater de sa poitrine. Pour se calmer, il fit tourner son alliance sur son doigt, se demandant si cette fille en valait la peine. Était-elle assez importante pour qu'il prenne le risque d'enfreindre la loi ? Mettrait-il fin à ses jours pour elle ?

"Stop !" cria-t-il en levant violemment la main en l'air comme un brigadier scolaire en colère.

Toujours en vol, elle se mordit la lèvre sous le masque.

Il a fixé son masque en place.

Alors que l'œil dans le mur clignotait derrière elle, il a murmuré : "Ai-je oublié de mentionner que je suis marié ?"

Elle a continué à se précipiter vers lui, alors que les portes derrière lui s'ouvraient.

"Ai-je oublié de mentionner que je fais partie de l'IG ?" demande-t-elle, alors que les deux hommes en combinaison spatiale le plaquent au sol à l'aide d'un taser.

Remerciements

Merci à la merveilleuse équipe de personnes qui m'ont soutenu émotionnellement et qui ont soutenu mon écriture au fil des ans, ainsi qu'à ceux d'entre vous (vous savez qui vous êtes) qui m'ont aidé avec des choses techniques comme la relecture, l'édition, et ainsi de suite.

Je vous remercie tous un million de fois !

Avec tout mon amour,

Cathy

A propos de l'auteur

L'auteure primée à plusieurs reprises, Cathy McGough, vit et écrit en Ontario, au Canada, avec son mari, son fils, leurs deux chats et leur chien.

Si tu souhaites envoyer un courriel à Cathy, tu peux la joindre ici :

cathy@cathymcgough.com

Cathy adore recevoir des nouvelles de ses lecteurs.

Également par :

jostporespirt

FICTION

L'enfant de tous

Le Secret De Ribby

Interviews With Legendary Writers From Beyond (2ND PLACE
BEST LITERARY REFERENCE 2016 METAMORPH
PUBLISHING)

La déesse des plus grandes tailles

NON-FICTION

103 idées de collecte de fonds pour les parents bénévoles auprès des
Écoles et équipes (3EME PLACE MEILLEURE RÉFÉRENCE
2016 ÉDITION MÉTAMORPH.)

+ Livres pour enfants et jeunes adultes

Milton Keynes UK
Ingram Content Group UK Ltd.
UKHW012118020524
442050UK00001B/55